박정희 대통령 탄생 100주년 기념
한국 및 일본 공연 예정 작품

# 박정희의 길

박정희 대통령 탄생 100주년 기념
한국 및 일본 공연 예정 작품

樂劇

# 박정희의 길

## 한국어·일본어 병렬판

복거일 지음

북앤피플

# 차례

## 朴正熙の道

# 1막

유
랑
극
단

# 1장

허름한 동두천의 음식점.
〈이별의 인천항〉 가락이 흐른다.


'월미도여성악극단' 단원들이 대표 현이립(玄而立)을 중심으로 둘러앉아서 이른 저녁을 든다.
〈아, 나의 조국!〉 공연을 끝낸 참이다.


현이립: [좌중을 둘러다보면서,]

　　　어쨌든, 마지막 공연을 무사히 끝냈으니, 됐고.

　　　[신이순(申利順·극단 총무 겸 배우)에게 잔을 권하면서,]

　　　신 총무, 그 동안 정말로 수고 많았어. 가난한 극단 살림살이를 맡아서, 고생하고
　　　속 썩이고.

　　　[소주병을 들어 잔을 채운다.]


신이순: [잔을 받아들고서,]

　　　제가 무슨 고생을… 대표님께서 늘 힘드셨죠.

현이립: 신 총무가 없었다면, 우리 극단은 오래 전에 거덜났을 거야.

김송희(金松姬·무대 감독 겸 배우): 맞습니다. 신 총무가 살림을 알뜰히 한 덕분에 우리 '월미도여성악극단'이 버텨왔습니다.

신이순: 저로선…
[감정이 북받쳐 탁해진 목소리로,]
대표님 모시고 일한 것은 저로선 큰 보람이었습니다. 그 동안 대표님께 정말로 많이 배웠습니다. 연극만이 아니라 인생도 많이 배웠습니다. 우리 극단이 갑자기 해체된다니, 마음이…

홍지연(洪志然·음악감독 겸 배우): 모두 맘이 허전하죠. 전 지금도 대표님께서 은퇴하신다는 것이 실감이 나지 않아요. 전 우리 극단이 언제까지나 있고 대표님께서 늘 우릴 돌보아주시겠거니 했는데. 그리고 보니, 어느덧 12년이 되었네요. 저도 아줌마가 됐으니.

좀 쓸쓸한 웃음판이 된다.

김송희: [자리에서 일어서서,]
자, 주목!

사람들이 얘기를 멈추고 김송희를 올려다본다.

김송희: 이번 동두천 공연을 끝으로, 우리 '월미도여성악극단'은 해체됩니다.
[갑자기 북받친 감정을 가까스로 삭이고서,]

대표님은 철없는 우리에게 연극과 인생을 가르쳐주신 스승입니다. 그래서 이 자리는 연극 〈아, 나의 조국!〉의 쫑파티이자, 극단 해단식이자, 스승님 환송회입니다. 먼저, 대표님 말씀을 듣겠습니다.

현이립: 내가 무슨 얘기를…

[일어나서 고개 숙여 인사한다.]

단원 여러분들껜 그저 고맙고 미안하다는 얘기 밖에 드릴 말씀이 없습니다.

[회상하는 얼굴로,]

처음 극단을 만들었을 때, 나는 1950년대에 흥성했던 여성국극의 전통을 되살리려 시도했습니다. 모든 배역을 여배우들로 채우는 것에 대해서 사람들은 회의적이었습니다. 그러나 우리 극단은 '학예회 수준'이라는 얘기를 들으면서도, 그것이 가능하다는 것을 보여주었습니다. 그 과정에서 우리는 평생 뮤지컬을 보러 가지 않은 사람들에게 뮤지컬을 감상할 기회를 제공했습니다. 작지만 뜻있는 일이었다고 생각합니다.

[잔을 들고서,]

우리 작품들을 감상한 분들을 위하여!

모두 외친다, "위하여!"

김송희: [다시 일어나서,]

끝으로 우리들의 왕언니, 이수연 무용 감독의 말씀을 듣겠습니다.

이수연(李水綠): [잠시 생각을 가다듬고서,]

공연은 막이 내리면서 사라지죠. 녹화를 한다 해도, 공연의 정수는 잡히지 않고 사라지죠. 그래서 안쓰럽고 아름답죠. 저는 그렇게 사라지는 것들을 위해서, 우리가 무대에 올린 작품들을 위해서, 건배하고 싶어요. 사라지는 것들을 위하여!

모두 외친다, "위하여!"

이수연: [반쯤 남은 잔을 들고 〈유랑극단〉을 부르면서 가볍게 춤을 춘다.]

　　　한 많은 유랑극단 우리들은 흐른다
　　　쓸쓸한 가설극장 울고 웃는 피에로

모두 함께 부른다.

　　　낯 설은 타국 거리 군악 소리 울리며
　　　가리라 정처 없이 가리라 가리라

이수연: [대사를 낭송한다.]

　　　"눈 오는 북쪽 꽃 피는 남쪽
　　　벌판에서 벌판으로 항구에서 항구로
　　　흘러가는 유랑극단
　　　뚫어진 천막 속에 고향 별을 바라보면
　　　어머님 야윈 모습이 가슴 속에 사모치네."

모두 2절을 함께 부른다.

　　　분 바른 얼굴 위에 구겨지는 주름살

넋두리 꿈을 파는 포장살이 내 청춘
차디찬 조각달을 마차 위에 싣고서
가리라 울며 울며 가리라 가리라

# 2장

강원도 춘천 교외의 커피숍
〈돌아오라 소렌토로(Torna a Surriento)〉 가락이 흐른다.


현이립이 손님들을 맞는다.


현이립: [허리 굽혀 인사한다.]

　　　미리 연락을 주셨으면, 제가 어르신을 뵈러 갔을 텐데, 이리 원로에 오시도록 해
　　　서 죄송합니다.


노　인: 별말씀을. 우리 이순이가 제 친구의 손녀인데, 제 얘기를 듣고서, 선생님께 말
　　　씀 드려보는 것이 어떠냐고 해서, 이리 찾아왔습니다.


현이립: 신 총무한테 어르신 말씀을 들었습니다. 정말로 수고 많으셨습니다.


노　인: 이제 다 옛날 얘기가 되었는데, 그래도 그때 독일에서 일한 우리 광부들과 간
　　　호원들의 얘기가 예술 작품으로 그려진 적은 드물어서, 늘 아쉬웠습니다. 그런

얘기를 고향 친구에게 했더니, 자기 손녀가 연극배우인데, 한번 얘기를 들어보자고 해서… 그래서 이렇게…

현이립: 독일에서 일하신 분들께선 가족을 위해서 헌신하셨고 우리나라의 발전에도 크게 공헌하셨죠. 그 분들의 삶을 기리는 예술 작품들이 많이 나와야 하겠죠. 그런데 저는 은퇴한 터라서…

노　인: 예, 이순이한테서 들었습니다. 저는 아는 사람도 없고 어떻게 해야 할지도 모르고, 그래서 이리…

[노인이 헛기침으로 목청을 고르고 말을 잇는다.]

1964년 12월 10일이었습니다, 박정희 대통령 내외분께서 함보른 탄광에 오신 날이. 그날 대통령께선 눈물을 흘리시느라 연설을 마치지 못하셨습니다. 그리고 저희와 일일이 악수하시고 파고다 담배를 한 갑씩 하사하셨습니다. 그 담배 피우면, 눈물이 났죠. 어쨌든, 그때 그 자리는 지도자와 시민들이 한마음이 된 자리였습니다. 대통령께서 그러셨습니다, "비록 우리 생전에는 이룩하지 못하더라도 후손을 위해 남들과 같은 번영의 터전만이라도 닦아 놓읍시다."

[잠시 회상에 젖는다.]

현이립: 저도 글에서 그 장면을 읽을 때마다, 가슴이 뭉클해지곤 합니다.

노　인: 저희 얘기를 따로 만들기는 어렵겠죠. 혹시 박정희 대통령의 일생을 작품으로 만드시면서 저희 얘기도 함께 해주실 수는 없는지, 그것을 여쭤보고 싶었습니다.

현이립: [골똘히 생각하다가, 천천히 고개를 끄덕인다.]

그런 방안도 있을 것 같습니다.

노　인: 그러시면, 선생님,

[가방에서 봉투를 꺼낸다.]

연극엔 큰돈이 든다고 들었습니다. 이것은 약소합니다만, 조금이나마 보탬이 될까 해서…

현이립: 아닙니다.

[웃으면서 고개를 젓는다.]

고맙습니다만, 만일 연극을 하게 된다면, 필요한 자금은 제가 마련하겠습니다.

노　인: 얼마 되지 않지만, 그래도 조금은 보태고 싶으니, 선생님, 받아주십시오.

현이립: [잠시 머뭇거리다가,]

알겠습니다. 고맙습니다.

[신이순에게]

어르신께서 고맙게도 마련하셨으니, 신 총무가 간수하지.

노　인: [싱긋 웃으며,]

이제 좀 마음이 놓입니다. 이순이한테서 〈아, 나의 조국!〉 영상을 얻어서 보았습니다. 독일에서 고향 생각 가족 생각 날 때 부른 노래가 〈꿈에 본 내 고향〉인데 그 노래도 거기 들어있더군요.

현이립: 아, 그러셨군요.

노　인: 그 영상을 보면서, 감개무량했습니다. 사고로 친구를 잃었을 때도 부른 노랜데…

노인이 앞으로 나오면서, 〈꿈에 본 내 고향〉을 부른다.

고향이 그리워도 못 가는 신세
저 하늘 저 산 아래 아득한 천리

두 사람이 따라 부른다.

언제나 외로워라 타향에서 우는 몸
꿈에 본 내 고향이 마냥 그리워.

# 3장

춘천 소양강 기슭.

심연옥의 〈한강〉 가락이 흐른다.


현이립이 부인과 산책한다.


현이립: [〈한강〉을 흥얼거리다가,]

여보, 그 노인의 처지에선 오백만 원은 큰돈일 거야. 그만큼 자신의 삶이 잊혀지지 않기를 바라는 마음이 간절했단 얘기지. 그렇게 간절한 마음을 어떻게 거절해?


부　　인: [흘긋 남편을 쳐다보고서,]

내 얘기는 그 노인 마음이 간절하지 않았다는 게 아니라 다시 연극을 하고 싶은 당신 마음이 간절했다는 거라니까. 노인이 돈까지 내놓으며 연극 만들어 달라고 부탁한 것은 그저 하나의 계기고.

[혼잣소리 비슷하게,]

내 속으로 '연극하고 담 쌓고서 몇 달이나 견디나' 했는데…

현이립: 잠깐 서울로 복귀하게 된 거지. 내 마음은 오래 전에 서울을 떠났어.

　　　[버들가지를 살핀다.]

　　　버들가지에 물이 올라서, 호드기 만들기 딱 좋게 생겼다.


현이립이 버들가지를 잡고 채동선의 〈고향〉을 부른다.


　　　고향에 고향에 돌아와도

　　　그리던 고향은 아니러뇨

　　　산꿩이 알을 품고 뻐꾸기 제철에 울건만

　　　마음은 제 고향 지니지 않고

　　　머언 항구로 떠도는 구름

　　　오늘도 뫼 끝에 홀로 오르니

　　　흰 점 꽃이 인정스레 웃고

　　　어린 시절에 불던 풀피리 소리 아니 나고

　　　메마른 입술에 쓰디쓰다

　　　고향에 고향에 돌아와도

　　　그리던 하늘만이 높푸르구나


부　　인: 당신 마음이 그렇게 떠도는 것이 내 눈에 보여서, 속으로 '반년은 견딜까' 했는데, 겨우 넉 달 지나고서…

　　　[고개를 젓는다.]


현이립: 그래도 그것이 전부는 아냐.

　　　[힘주어 고개를 젓는다.]

　　　대본을 구상하다 보니, 이번 작품이 처음 생각했던 것보다 훨씬 중요하다는 느낌

이 들더라구. 언젠가 "혁명마다 자기 이야기를 들려주는 이야기꾼이 있다"라는 얘기를 들은 적이 있어. 멋진 얘기잖아? "혁명마다 자기 이야기를 들려주는 이야기꾼이 있다." 그래서 '박정희 대통령께서 이루신 혁명을 예술로 들려줄 작가는 바로 나였구나' 하는 생각이 들더라구.

부　　인: 많이 들어본 얘기입니다, 현이립 씨. 당신 작업하면서, 나만이 할 수 있는 작품이 란 생각이 안 든 적 있었수?

현이립: 이번은 달라.

[진지하게,]

내가 얘기하는 박정희의 혁명은 5·16을 뛰어넘어. 5·16이 혁명이냐 정변이냐 하는 논쟁의 차원이 아냐.

부　　인: [그저 고개만 끄덕인다.]

현이립: 가난하고 중세적 풍토가 많이 남아있던 사회를 풍요롭고 현대적인 사회로 바꾸어 놓은 근본적 변혁을 가리키는 거야. 우리나라가 그렇게 발전한 덕분에, 다른 나라들이 본받아서 경제를 발전시켰거든. 희망이 없다고 여겨졌던 아프리카 여러 나라들이 박정희 대통령이 가리킨 길을 따라가면서, 빠르게 발전하고 있어.

[흘긋 아내 얼굴을 살핀다.]

박정희의 혁명을 제대로 이해하고 예술 작품으로 만들 사람은 바로 나라는 생각이 든 거지. 비록 삼류 극단이 변두리 무대에서 올리는 악극이긴 하지만.

부　　인: [강물을 살피면서,]

강물이 많이 불었구나. 어젯밤에 비가 오더니.

현이립: 당신 지금 내가 예금 통장 하나 깨자고 할까 봐 걱정하고 있지?

부    인: [어이없다는 웃음을 지으면서, 남편을 돌아본다.]

　　　어찌 그리 사람 속을 잘 들여다보시우? 프로이트가 따로 없네.

# 4장

서울 변두리의 연습장.
〈푸니쿨리-푸니쿨라(Funiculi-Funicula)〉 가락이 흐른다.

다시 모인 '월미도여성악극단' 단원들이 현이립의 설명에 귀를 기울인다.

현이립: 그 어르신께서 봉투까지 꺼내놓으시고 간절히 부탁하시는데, 어떻게 더 거절해?
그래서 한번 해보겠노라고 했어. 그렇게 된 거야.

김송희: 정말로 고마우신 분이시네요. 덕분에 우리 '월미도여성악극단'이 부활했으니.

이수연: 맞아.
[손뼉을 치면서, 신이순을 돌아본다.]
이순이 수고했다.

모두 손뼉을 친다.

현이립: 그 동안 작업해서 대본은 나왔어요.

　　　[원고를 집어 든다.]

　　　제목은 〈박정희의 길〉.

모두 손뼉을 친다.

김송희: 〈박정희의 길〉이라. 대표님, 예감이 좋은데요.

현이립: 그래? 자, 들어봐요. 이 제목엔 세 가지 뜻이 담겼어요. 하나는 1961년에 우리나
　　　라가 갈 길을 잃었을 때, 박정희 대통령께서 길을 찾아내셨다는 뜻이고, 둘은 모
　　　두 반대하는 고속도로를 놓고 포항제철을 세워서 우리 사회가 발전할 길을 냈다
　　　는 뜻입니다. 셋은 박정희 대통령께서 선구적으로 실행한 경제 정책을 다른 나라
　　　들도 따라가면서 경제 발전을 이루었다는 얘기예요 박 대통령께서 경제의 길을
　　　내신 겁니다. 무슨 얘기인지 알겠어요?

모두 힘차게 대꾸한다, "네에."

현이립: 이 작품의 핵심은, 그 어르신께서 부탁하신 대로, 박정희 대통령 내외분께서 서
　　　독에 파견된 광부들과 간호사들과 만나는 장면입니다. 글에서 만날 때마다 눈물
　　　이 나는 감동적 장면입니다.

김송희: 그러면, 대표님, 그 대목에서 우리가 관객들을 울리면 되겠네요.

현이립: 좋지.

　　　[싱긋 웃으며,]

내가 젊었을 적엔 "눈물 없이는 볼 수 없는 영화"라고 선전했지. "손수건을 두 개 준비하고 오세요"라고 했어. 그때는 관객들이 울어야, 장사가 되었거든. 지금은 모두 웃게 만들어야 흥행이 되지만.

김송희: 우리는 전통을 되살리는 여성악극단 아녜요? 사람들을 울려야죠.

[단원들을 둘러보면서 주먹을 치켜든다.]

우리는 무조건 울린다.

모두 소리를 지르면서 손뼉을 친다.

현이립: 이 작품에서 핵심 배역은 물론 박정희 대통령이고, 육영수 여사와 이병철 삼성 회장, 정주영 현대 회장, 김학렬 부총리가 주요 배역인데⋯ 이 자리에서 아예 배역을 결정하는 것이 어떨까?

[단원들을 둘러본다.]

박지하(朴地夏): [손을 번쩍 치켜든다.]

대표님. 박정희 대통령은 제가 맡겠습니다.

모두 어이없다는 낯빛으로 박지하를 쳐다본다.

김송희: [타이르는 말투로.]

지하야, 박정희 역은 네게 맞지 않아.

사람들이 열심히 고개를 끄덕인다.

박지하: 왜요?

김송희: 우선 몸이 맞지 않잖아? 박 대통령은 몸집이 단단하고 강단이 있게 생기신 분 아
　　　 냐? 사진에서 봐도, 땅에서 솟아난 바위처럼 느껴지잖아?

박지하: 저도 듬직하게 생겼잖아요?
　　　　[자기 몸을 내려다본다.]

사람들이 킥킥 웃는다.

김송희: [드디어 참았던 것이 폭발한다.]
　　　　주제 파악 좀 해라. 네가 어디 바위 같으냐? 쌀자루 같지.

사람들이 폭소한다.

박지하: [다시 자기 몸을 내려다보면서,]
　　　　이 몸이 어때서요? 언니는 편견이 심하셔.
　　　　[턱 노래할 폼을 잡고서, 타령을 시작한다.]
　　　　이래 봬도 이 몸은
　　　　정승판서 자제로
　　　　팔도감사 마다하고
　　　　돈 한 푼에 팔려서
　　　　각설이로 나섰네
　　　　지리구 지리구 잘한다
　　　　품바하고 잘한다.

사람들이 손뼉을 친다.

김송희: 살찐 각설이도 있다냐?

박지하: 언니, 너무 그러지 마셔요. 살이야 빼면 되잖아요?

김송희: 잘도 빼겠다. 너 '다이어트' 입에 달고 살면서, 1킬로라도 뺀 적 있어?

박지하: 없어요. 하지만, 꼭 필요하면, 뺄 수 있어요.

김송희: 말이야 쉽지.

박지하: 언니, 저번에 우리가 〈다른 방향으로의 진격(Attacking in Another Direction)〉 올릴
　　　 때, 이 박지하가 해낸 것 봤잖아요?

김송희: 보긴 뭘 봐? 네 영어 엉터리라 애먹은 거?

사람들이 폭소를 터뜨린다.

박지하: 바로 그겁니다, 언니.
　　　 [진지하게.]
　　　 처음에 영어 뮤지컬 만들자고 대표님께서 하셨을 때, 내가 맨 먼저 손 들고서 "대
　　　 표님, 저는 영어 울렁증이 있습니다" 하고서 빼달라고 했어요. 대표님께서 "네가
　　　 영어를 배울 마지막 기회다" 하시길래, 깊이 깨달은 바 있어서, 석 달 동안 열심
　　　 히 영어 공부했어요. 그리고 주한미군 제2보병사단 사단장 이하 장병들 앞에서

우리 극단이 멋지게 공연 했잖아요? 그때 가장 씩씩했던 사람이 '에이블 중대 전 포부사관 빌 호크우드 상사'인데, 그 역을 바로

[손가락으로 자신을 가리키면서,]

본인 박지하가 했습니다.

[부동자세로 서더니, 외친다.]

Stop the grumble. You are the United States Marines. Marines never grumble. Fox Company has repelled two Chinese regiments for three days and nights. They are in precarious situation. We sent our message: "Hang on! Help is on the way!" And we are the help.

[눈을 부라리면서 둘러본다.]

Able Company, saddle up!

화면에 한국어 자막이 뜬다.


투덜대지 마라. 귀관들은 미국 해병들이다. 해병들은 결코 투덜대지 않는다. 폭스 중대는 사흘 낮 사흘 밤을 중공군 2개 연대와 싸워 물리쳤다. 그들은 위태로운 상황에 놓여 있다. 우리는 메시지를 보냈다: "버텨라! 지원군이 가고 있다!" 우리가 바로 그 지원군이다.

에이블 중대, 출발 준비!


사람들이 모두 복창한다, "Saddle up!"


박지하: [응석부리는 말투로,]

대표님.

현이립: 응?

박지하: 제가 대표님 수제자지요?

현이립: 그런 셈이지. 왜 갑자기…?

박지하: 제가 고등학교 교복을 벗기도 전에 대표님께서 저를 뽑아주셔서, 배우가 되었습니다. 그래서 십 년 넘게 대표님 모시고 연극을 했습니다. 그러다 보니, 꽃띠 아가씨가 올드미스가 됐습니다.

사람들이 웃음을 터뜨린다.

현이립: 미안하다. 내가 중매라도 섰어야 하는데…

박지하: 대표님, 제 얘기는 시집을 못 갔다는 얘기가 아니고요, 그 동안 주연을 한 번도 못했다는 얘기예요. 이번엔 주연을 맡겨 주십시오, 대표님.

사람들이 다시 웃음을 터뜨린다.

현이립: 지하야, 미안하다. 나도 너한테 주연 한 번 맡기고 싶었다. 네 말대로 꽃띠 아가씨가 올드미스가 되도록 주연 한 번 못 맡은 심정 나도 이해할 수 있다.

박지하: [밝아진 얼굴로]
그러면 대표님, 제가 박정희 맡는 거죠?

현이립: 하지만, 이 작품은 의지가 강하고 대담하게 위험과 맞서 자신의 운명을 길들인 사람의 얘기다. 그런 위인의 역을 하기엔, 지하야, 너는 마음이 너무 보드랍다. 친구 부탁을 차마 거절할 수 없어서 근근이 저축한 돈을 빌려주었다가 몽땅 날린 사람이 그 역을 제대로 할 수 있겠니?

사람들이 폭소한다.

현이립: 지하야, 내가 전에 그랬지, 넌 훌륭한 삼류 여배우라고?

박지하: 네.

현이립: 훌륭한 삼류 여배우가 할 중요한 배역들은 많을 거다. 하지만 박정희는 아닌 것 같다. 알겠니?

박지하: [부동자세로 서서,]

Aye, aye, sir.

[경례한다.]

# 2막

## 길을 내는 사람들

# 서장

어둠 속에 〈1812년 서곡〉이 흐른다.
자막이 나온다.


1961년
대한민국은 길을 잃었다


'4월혁명'의 맑은 힘은 흩어지고
제 몫만 찾는 목소리들이 거리를 덮었다


모두 어지러운 현실을 개탄했지만
누구도 길을 가리키지 못했다

# 1장

1961년 5월 15일 늦은 밤.

서울 신당동

육군 제2군 부사령관 박정희(朴正熙) 소장의 자택.

〈기욤 텔(Guillaume Tell) 서곡〉이 흐른다.


사랑방에선 박정희 장군과 언론인 장태화(張太和), 김종필(金鍾泌) 예비역 육군 중령, 그리고 이낙선(李洛善) 육군 소령이 숙의하고 있다. 거사를 바로 앞두고 마지막 점검을 하는 참이다.

안방에선 박정희의 부인 육영수(陸英修) 여사가 둘째 딸 근영(槿暎)과 아들 지만(志晚)을 재우고 있다. 맏딸 근혜(槿惠)는 책상 앞에 앉아 숙제를 하고 있다.


육영수: [숙제하는 딸을 대견스러운 눈길로 살피며]

　　　근혜야, 피곤하지 않니?


박근혜: [열심히 그림을 그리면서, 고개를 젓는다.]

　　　괜찮아요, 엄마.

아이들이 덮은 이불을 다독이면서, 육영수가 조용히 이흥렬의 〈자장가〉를 부른다.

> 자거라 자거라 귀여운 아가야
> 꽃 속에 잠드는 범나비 같이
> 고요히 눈 감고 꿈나라 가거라
> 하늘 위 저 별이 자질 때까지

노래를 마친 육영수는 어두운 낯빛으로 나오는 한숨을 죽인다. 잠든 아이들을 잠시 내려 다본 뒤, 숙제를 하는 맏딸의 뒷모습에 눈길을 준다. 조용히 일어나 사랑방으로 건너간다.

육영수: [남편에게 조심스럽게 말한다.]
　　　저 보세요.

박정희: [서류를 김종필에게 넘기고서, 고개 들어 아내를 본다.]
　　　왜?

육영수: 근혜 숙제 좀 봐주시고 나가세요.

박정희: 어, 그러지.

육영수의 뒤를 따라, 박정희가 안방으로 들어선다. 잠자는 아이들을 둘러보고서, 근혜게 다가서서 딸이 그리는 그림을 잠시 들여다본다. 이어 아내의 낯빛을 살핀 뒤 밖으로 나 온다.

한웅진(韓雄震) 육군정보학교장과 장경순(張坰淳) 육본 교육처장이 들어온다.

장경순: 저희 왔습니다.

박정희: [반긴다.]

　　　 어서 오시오.

　　　 [표정 없는 얼굴로]

　　　 상황이 좋지 않아. 다 탄로났어.

한웅진, 장경순: [멈칫하더니, 동시에 말한다.]

　　　 갑시다.

박정희: 갑시다.

　　　 [이어 결연한 표정으로 〈초로가〉를 부른다.]


　　　 인생의 목숨은 초로와 같고

　　　 이씨조선 오백 년 양양하도다

한웅진, 장경순, 장태화, 김종필, 이낙선이 함께 부른다.


　　　 이 몸이 죽어서 나라가 산다면

　　　 아아 이슬 같이 죽겠노라

박정희: 갑시다!

모두 밖으로 나간다.

박정희: [아내를 돌아보며, 문득 잠긴 목소리로,]
　　　여보, 내일 아침 다섯 시 라디오를 들어보오.

육영수: [속에서 솟구치는 감정들을 가까스로 억누르는 목소리로,]
　　　네. 다녀오셔요.

박정희가 결연히 걸어 나간다.

육영수가 현관까지 배웅하고서 〈아내의 노래〉를 부른다.

　　　임께서 가신 길은 영광의 길이옵기에
　　　이 몸은 돌아서서 눈물을 감추었소
　　　가신 뒤에 내 갈 길도 임의 길이오
　　　바람 불고 비 오는 어두운 밤길에도
　　　홀로 가는 이 가슴에 즐거움이 넘칩니다

# 2장

1961년 5월 16일 미명.

한강 인도교.

주페(Suppe)의 〈경기병(Leichte Kavallerie) 서곡〉이 흐른다.


해병 제1여단의 선두인 제2중대가 인도교 남단에 설치된 헌병 중대의 저지선을 뚫고서 인도교로 진입한다. 대대장 오정근(吳定根) 중령이 여단장 김윤근(金潤根) 준장에게 다가온다.


오정근: 여단장님, 중지도에도 헌병들이 저지선을 설치했습니다.


김윤근: 그런가? 저항하나?


오정근: 예. 트럭으로 바리케이드를 치고서 총을 쏘아댑니다. 엄폐물이 하나도 없어서, 전진이 쉽지 않습니다. 이 다리에 폭파 장치를 해두었을지도 모릅니다. 우리 병력을 일단 노량진 쪽으로 빼는 것이 어떻겠습니까?


김윤근: 폭파 장치가 그리 쉽게 되겠나. 걱정 말고 밀어붙이시오.

오정근: 알겠습니다.

김윤근: 같이 가봅시다.

두 사람이 부대 앞쪽으로 나아간다.

김윤근: 저기가 저지선이오?

오정근: 예.

김윤근: 저기 트럭 헤드라이트 불빛이 눈에 거슬리네. 저것부터 부숴 버리지.

오정근: 예, 알겠습니다.
[다리에 엎드린 해병들에게 명령을 내린다.]
목표는 트럭 헤드라이트다. 모두 헤드라이트를 조준하라. 내가 '쏴'하고 명령을
내리면 일제히 발사한다. 알겠나?

해병들: 예에.

오정근: 조준. 쏴.

총소리가 요란하게 나면서, 헤드라이트 불빛이 꺼진다.

오정근: 해병 1대대, 돌격 앞으로.

해병들 복창하고 앞으로 달려나간다.

김윤근과 오정근이 부하들을 독려하면서 앞으로 나아간다.

박정희가 걸어온다. 한웅진 준장과 이석제 중령이 따른다.

김윤근이 돌아와서 박정희를 맞는다.

박정희: 김 장군, 상황이 어떻습니까?

김윤근: 중지도의 2차 저지선을 뚫었는데, 다리 북단에 또 다른 저지선이 있습니다. 앞으
　　　　로 저지선이 몇 개나 더 있을지 모르겠습니다. 날이 새기 전에 목표 점령이 어려
　　　　울 것 같습니다.

박정희: [단호한 어조로,]
　　　　그대로 밀어버리시오.

김윤근: 예, 알겠습니다.
　　　　[씨익 웃고서, 돌아서서 선두로 향한다.]

박정희가 난간에 기대어 흐르는 강물을 내려다본다.

이석제(李錫濟)가 옆에 서서 강물을 내려다본다.

박정희: 흠, 강물은 무심히 흐르는구먼.

이석재: [북쪽을 흘긋 살피고서, 비감한 어조로,]
　　　　각하, 일이 끝내 안 되면, 각하 바로 옆 말뚝은 제 것입니다.

박정희: [느긋하게 웃으면서,]

　　사람의 목숨이 하나뿐인데, 그렇게 간단하게 죽어서 쓰나.

　　[흘긋 북쪽을 살피고서, 천천히 몸을 일으킨다.]

　　총소리가 커졌네. 이 중령, 우리도 가서 좀 거들지.

이석제: 예, 각하.

박정희가 결연한 낯빛으로 〈용진가〉를 부른다.

　　양양한 앞길을 바라볼 때에
　　혈관에 파동(波動) 치는 애국의 깃발

한웅진과 이석제가 따라 부른다.

　　넓고 넓은 사나이 마음
　　생사도 다 버리고 공명도 없다
　　들어라 우리들의 힘찬 맥박을
　　가슴에 울리는 독립의 소리

박정희: 갑시다.

세 사람은 총알이 빗발치는 다리를 몸 꼿꼿이 세우고 걸어간다. 엎드려 헌병들과 교전하
던 해병들이 문득 사기가 올라 돌격한다.

# 3장

1961년 5월 16일 오전

서울시청 앞.

〈위풍당당(Pomp and Circumstance) 행진곡〉 가락이 흐른다.


박정희 소장이 박종규(朴鍾圭) 소령, 차지철(車智澈) 대위, 이낙선 소령 등을 대동하고 서 있다.


**박정희:** [종이에 적힌 '혁명공약'을 낭독한다.]

군사혁명위원회는

첫째, 반공을 국시의 제일의로 삼고 지금까지 형식적이고 구호에만 그친 반공체제를 재정비 강화할 것입니다.

둘째, 유엔 헌장을 준수하고 국제 협약을 충실히 이행할 것이며 미국을 위시한 자유우방과의 유대를 더욱 공고히 할 것입니다.

셋째, 이 나라 사회의 모든 부패와 구악을 일소하고 퇴폐한 국민 도의와 민족정기를 다시 바로잡기 위하여 청신한 기풍을 진작할 것입니다.


[낭독을 잠시 멈추고, 시민들을 바라본다.]

여러분, 저와 혁명 동지들에겐 꿈이 있습니다. 우리 국민들 모두가 잘사는 나라를 만드는 것, 바로 그것이 저희들의 꿈입니다.

[주먹을 불끈 움켜쥔다.]

그 꿈을 위해서 우리는 오늘 새벽 혁명을 했습니다.

둘러선 사람들이 박수를 친다. 처음엔 조심스럽게, 차츰 힘차게.


[무용수들 등장]


박정희가 〈새마을 노래〉을 부른다.


　　　새벽 종이 울렸네 새 아침이 밝았네
　　　너도 나도 일어나 새 마을을 가꾸세
　　　살기 좋은 내 마을 우리 힘으로 만드세


모두 따라 부른다.


　　　초가집도 없애고 마을 길도 넓히고
　　　푸른 동산 만들어 알뜰살뜰 다듬세
　　　살기 좋은 내 마을 우리 힘으로 만드세


모두 손뼉을 친다.


박정희가 사람들을 돌아보더니, 작은 계집애에게 손짓한다.

작은 계집애가 수줍게 앞으로 나온다. 박정희가 두 손으로 권하자, 그 계집애가 〈꽃동산〉
을 부른다.


보셔요, 꽃동산에 봄이 왔어요
나는 나는 우리 고장 제일 좋아요


모두 따라 부른다.


오늘부터 이 동산 내가 맡았죠
물 주고 꽃 기르는 일꾼이야요

# 4장

1961년 5월 18일 저녁.

서울의 한 대학교 경제학과 연구실.

〈스텐카 라진(Stenka Rasin)〉 가락이 흐른다.


학　장: 박 교수가 보기엔 상황이 어떻소?


박교수: 오늘 육사 생도들이 혁명을 지지하는 행진을 했습니다. 상징적인 사건입니다. 이
　　　제 혁명군이 확실히 군부를 장악한 것 같습니다.


학　장: 군부를 장악했다면, 권력을 장악했단 얘긴데. 이 교수 생각엔 어떻습니까?


이교수: 제 동생 얘긴데, 친구가 이번 혁명에 가담했다고 합니다. 중령인데, 그 사람 얘기
　　　가 오늘 1군 사령관 이한림 장군이 체포되어 서울로 압송되었답니다. 이제 박정
　　　희 장군에 대항할 만한 인물도 세력도 없는 것 같습니다.


학장: [천천히 고개를 끄덕이고서, 식은 보리차를 마신다.]

올 것이 왔다고 할 수 있는데.

임교수: 학장님께서 예견하신 대로 군부가 결국 일어났습니다.

모두 고개를 끄덕인다.

학　장: 군부 정변처럼 큰 사건은 여러 요인들이 작용해서 나와요. 군대가 부패해서 고위 지휘관들이 부하들의 존경을 받지 못하고. 저번 선거 부정에 가담했다는 문제도 있고. 하지만, 그런 종류의 요인들만으로 이번 군부 정변의 성공을 설명할 수는 없거든. 그 정도 문제와 불만이 없는 군대가 어느 후진국에 있겠어요?

이교수: 학장님 말씀이 맞습니다. 한국은 막 전쟁을 치른 나랍니다. 그래서 우리 군대는 효율적 집단이죠. 효율적이지 못한 부대, 능력 없는 지휘관들은 전투에서 져서 사라지고 잘 움직이는 부대들과 똑똑한 지휘관들만 살아남으니까요. 그런 인적 자원이 사회의 다른 분야들로 퍼지는 것은 자연스럽습니다. 꼭 정변의 형태가 아니라도, 군인들이 사회로 진출하는 것은 필연적이었다고 생각합니다.

학　장: 불균형 상태니까, 균형을 찾아서 움직이게 된다, 불균형이 크면, 폭발이나 정변과 같은 급격한 움직임이 나온다, 그런 얘기요?

이 교수: 예. 민주당 정권이 무능하고 사회가 워낙 혼란스러워서, 군부가 나설 자리를 만들어 준 셈이죠. 힘이 넘치는 군부의 '푸쉬'와 혼란스러워진 민간 부문의 '풀'이 합쳐진 셈이죠.

학　장: 그런 사정이 이번 군부 정변에 정당성을 부여하나?

임교수: 합법적 정권을 무력으로 무너뜨렸다는 사실은 끝내 부담이 되지 않을까요?

학   장: 물론 그 문제가 있지만, 모두 이대론 안 된다는 생각을 했잖아요? 모두 정치권의 무능과 국민들의 데모에 넌더리를 냈잖아요?

박교수: 결국 시민들이 군부 정변을 지지하느냐 반대하느냐, 거기에 달렸다고 봅니다.

학   장: [고개를 끄덕이고서,]
그러면, 우리는 어떻게 해야 하느냐, 하는 문제가 남는데. 이 교수는 어떻게 생각하시오. 우리와 같은 지식인들이 군부 정권에 협력하는 것이 낫겠소, 아니면…

이교수: 우리야 대학에서 학생들을 가르치기만 하면 되는 것 아닌가요? 섣불리 나섰다간, 자유당 때 어용 교수 소리를 들은 선배들처럼 되는 것 아닌가요?

박교수: 전 군부 정권과 협력하는 것이 합리적이라는 생각입니다. 물론 군부 정권이 시민들의 지지를 받는다는 전제 아래서 하는 얘기입니다만. '혁명 공약'을 읽으면서 느낀 건데, 이번 거사를 한 사람들이 국가를 운영하면서 이루려는 목표가 뚜렷합니다.

학   장: [고개를 끄덕이며, 박 교수의 얘기를 음미하더니, 임 교수를 본다.]
임 교수는?

임교수: 저는 박 교수님 생각과 같습니다. 원래 경제학이 실천적 학문 아닙니까? 자신의 경제학 지식을 정책에 반영해서 경제를 발전시키는 것이 모든 경제학자들의 꿈 아닙니까?

학 　장: 어려운 문제요. 임 교수 말대로, 경제학자로서 우리가 가진 지식을 나라를 위해
　　　　쓰는 기회가 오면, 쓰는 것이 옳지 않은가, 그런 생각도 들고. 이 교수 얘기대로,
　　　　위험한 길로 접어들 수도 있고.
　　　　[일어나 앞으로 나오면서 〈희망가〉를 부른다.]


　　　　이 풍진세상을 만났으니
　　　　너의 희망이 무잇이냐


다른 사람들이 따라 부른다.


　　　　부귀와 영화를 누렸으면
　　　　희망이 족할까
　　　　푸른 하늘 맑은 달 아래
　　　　곰곰이 생각하니
　　　　세상 만사가 춘몽 중에
　　　　또다시 꿈 같도다

# 5장

1961년 6월 27일.

박정희 국가재건최고회의 부의장 사무실.

〈투우사의 노래(Chanson du Toredor)〉 가락이 흐른다.

박정희: 지금 혁명 정부는 부정축재자 11명을 구속했습니다. 이 사장님, 이 사람들을 어떻게 처리하는 것이 좋겠습니까?

이병철(李秉喆): [곤혹스러운 낯빛으로 대꾸할 말을 찾는다.]

부의장 각하, 제 자신이 부정축재자 제1호로 지목된 판이라서, 말씀 올리기가 좀 어렵습니다.

박정희: [손을 젓는다.]

괜찮습니다. 어떤 이야기를 해도 좋으니, 기탄없이 말해 주십시오.

이병철: 부의장 각하 말씀이 간곡하시니, 제 생각을 솔직히 말씀 드리겠습니다. 지금 부정축재자로 지칭되는 기업인들에겐 사실 아무 죄도 없다고 생각합니다.

박정희: [굳어진 얼굴로 이병철을 바라본다.]

그래요?

이병철: 각하, 제 경우만 하더라도 탈세했다고 부정축재자로 지목되었습니다. 그러나 현행 세법은 수익을 훨씬 넘는 세금을 징수할 수 있도록 한 전시 비상사태하의 세제 그대로입니다. 이런 세법 하에서 세율 그대로 세금을 납부한 기업은 도산을 면치 못했을 것입니다.

박정희: [천천히 고개를 끄덕인다.]

일리 있는 말씀입니다.

이병철: 액수로 보아 11위 안에 드는 사람들만 부정축재자로 구속되었습니다. 하지만 12위 아래 기업인들도 똑 같은 조건 아래서 기업을 운영했습니다. 그들도 모두 일등을 하려고 했지만, 역량이나 노력이 부족했거나 혹은 운이 없어서, 11위 안에 들지 못했을 뿐입니다. 사업가라면 누구나 이윤을 올려 기업을 확장해 나가려고 노력할 것입니다. 기업을 잘 운영하여 키운 사람들은 부정축재자로 몰리고 원조 자금이나 은행 융자금을 낭비한 사람들은 죄가 없다고 한다면, 정의라고 하기 어렵습니다.

박정희: 알겠습니다.

[턱을 쓰다듬으면서,]

이 사장님, 그러면 이 사장님 생각엔 어떻게 하는 것이 좋겠습니까?

이병철: 기업가의 본분은 사업을 일으켜 많은 사람들에게 일자리를 제공하면서 생계를 보장해 주는 한편, 세금을 납부하여 그 예산으로 국가 운영을 뒷받침하는 데 있

다고 봅니다. 소위 부정축재자들을 처벌한다면, 경제가 위축되어 세수가 줄어들 것입니다. 오히려 기업가들이 경제 건설에 참여하도록 하는 것이 국가의 이익이 될 것입니다.

박정희: [열심히 고개를 끄덕인다.]

좋은 생각입니다. 하지만, 이 사장님,

[좀 걱정스러운 얼굴로,]

그렇게 하면, 국민들이 납득하겠습니까?

이병철: {결연히,}

각하, 각하께선 정치 지도자이십니다. 국익에 맞는 일이라면, 국민들을 납득시켜 추진하는 것이 정치 지도자의 임무 아니겠습니까?

박정희: [씨익 웃으면서, 일어서서 손을 내민다.]

알겠습니다. 우리 열심히 해서 가난한 나라를 잘사는 나라로 만들어 봅시다.

이병철: [손을 잡으면서, 조심스럽게 말한다.]

각하, 저는 부정축재자로 지목된 기업인들과 잘 아는 사이입니다. 서로 경쟁하면 서도 협력해온 사이입니다. 제1호로 지목된 저 혼자 나가면, 후일에 무슨 낯으로 그 사람들을 만나고 무슨 명분으로 나라를 위한 일에 힘을 합치겠습니까?

박정희: 맞는 말씀이오.

[배석한 국가재건최고회의 법사위원장 이석제 중령을 돌아보며,]

기업인들은 그만했으면 정신 차렸을 테니, 이제 풀어주도록 하지.

이석제: 각하, 안 됩니다.

    [고개를 젓는다.]

    아직 정신 못 차렸습니다. 이번에…

박정희: 이 사람아, 우리가 권력을 잡았으니, 이제 국민을 배불리 먹일 책임이 우리에게
    있네. 우리 혼자 무엇을 어떻게 한단 말인가? 도라무통을 두드려서 물건을 만들
    어 본 사람들이라도 있어야 될 것 아닌가? 지금 우리가 가둔 사람들이 바로 그런
    사람들 아닌가?

이석제: 알겠습니다, 각하.

    [경례하고 밖으로 나간다.]

박정희: 이 사장님, 구속된 기업인들을 모두 석방하겠습니다. 모두 새로운 마음으로 경제
    발전에 기여하기 바랍니다.

이병철: 부의장 각하, 참으로 감사합니다. 저희 기업인들은 새로운 각오로 기업을 운영하
    여 경제 발전에 도움이 되도록 하겠습니다. 저희들을 믿어주십시오.

박정희: 실은 경제 문제로 마음이 무거웠는데, 이 사장님 말씀을 들으니, 마음이 한결 밝
    아졌습니다. 우리 힘을 합쳐서 우리 경제를 발전시킵시다.

    [무용수들 등장]

박정희가 〈럭키 서울〉을 부른다.

서울의 거리는 청춘의 거리
청춘의 거리에는 건설이 있네

이병철이 함께 부른다.

역마차 소리도 흥겨로워라
시민의 합창이 우렁차구나
너도 나도 부르자 건설의 노래
다같이 부르자 서울의 노래
에스 이 오 유 엘
에스 이 오 유 엘
럭키 서울

# 6장

1962년 2월 3일.

경남 울산군 대현면 고사리의 '울산공업센터 기공식장.'

박정희 국가재건최고회의 의장이 참석자들과 함께 담소한다.

〈보기 대령 행진곡(Colonel Bogey March)〉 가락이 흐른다.


박정희: 대사님, 자리 하나는 잘 잡았죠? 바다가 깊어서 항구 만들기 좋고. 강이 흘러서, 공업용수를 쉽게 쓸 수 있고. 경치까지 좋죠. 그래서 일본이 한국을 통치할 때부터 이곳이 공업단지 후보지로 주목을 받았습니다.


새뮤얼 버거(Samuel Burger) 주한 미국대사: [건성으로 고개를 끄덕인다.]

　　예. 입지는 좋은 것 같습니다.


박정희: [싱긋 웃으면서,]

　　대사께선 아직도 우리 계획이 너무 야심차다고 걱정하시죠?


버　거: [따라서 얼굴에 웃음을 띠우면서,]

의장님께서 주도하시는 일이니, 잘 되리라 믿습니다. 그래도 한 편으로는 좀 걱정되는 것도 사실입니다.

[진지한 낯빛으로,]

한국은 자원이 적고, 기술도 자본도 넉넉지 못합니다. 그래서 너무 거창한 사업을 추진하면, 감당 못할 수도 있습니다.

박정희: 알겠습니다. 무엇이 가능한지는 힘에 좀 부친다 싶은 것을 해봐야 알 수 있습니다. 나는 이곳에

[팔을 들어 둘레를 가리킨다.]

큰 현대식 공장들을 세우려는 우리 계획이 야심차지만 너무 야심차지는 않다고 생각합니다.

버 거: [정색하고서,]

저는 각하의 판단이 맞기를 진심으로 기원합니다. 그래서 곧 이 들판에 큰 공장들이 들어서기를 바랍니다.

기공식 사회자가 다가와서 준비되었음을 알린다. 박정희가 일어나서 연단으로 나간다.

박정희: 여러분, 4천년 빈곤의 역사를 씻고 민족 숙원의 부귀를 마련하기 위하여 우리는 이곳 울산을 찾아 신공업도시를 건설하기로 하였습니다. 이것은 자손만대의 번영을 약속하는 민족적 궐기인 것입니다.

열광적 박수에 잠시 연설이 멈춘다.

박정희: [청중의 호응에 고무되어, 울림이 큰 목소리로,]

여러분, 우리 함께 땀을 흘립시다. 우리 자손들이 살 터전을 마련합시다.

열광적 박수가 터진다.

[무용수들 등장]

모두 〈일 트로바토레(Il Trobatore)〉의 '대장간의 합창'을 합창하면서 춤춘다.

박정희: Vedi! Le fosche notturne spoglie

De cieli sveste l'immensa volta;

Sembra una vedova che alfin si toglie

I bruni panni ondera involta.

Allopra! Allopra!

Dagli,martella.

Chi del Gitano I giorni abbella?

La Zingarella!

모두 함께: versami un tratto; lena e coraggio

Il corpo e l'anima traggon dal bere.

(Le donne mescono ad essi in rozze coppe)

Oh guarda, guarda! del sole un raggio

Brilla piu vivido nel mio/ tuo bicchiere!

Allopra, allopra…

Dagli, martella…

Chi del Gitano I giorni abbella?

La zingarella!

# 7장

1964년 3월 하순.

청와대 대통령 집무실.

베토벤의 5번 교향곡 〈운명〉의 도입부가 무대를 덮친다.


박정희 대통령이 여당인 민주공화당 간부들과 정세에 관해 의논하고 있다.


박정희: [결의에 찬 얼굴로,]

난 물러날 수 없소. 이 길이 나의 길이오. 나의 운명이오.

그리고

[숨을 깊이 쉬고서,]

이 길이 대한민국이 가야 할 길이오.


정구영(鄭求瑛) 의원: 예, 각하. 저희도 잘 알고 있습니다.


박정희: 아, 그런데 이것이 무슨 일이오. 아무리 이치를 따지면서 설명해도 막무가내로

반대하니.

정구영: 각하, 너무 심려하지 마십시오. 정치인들은 원래 그렇습니다.

박정희: 신문은 더해요. 기사마다 학생들을 선동해서 거리로 내몰려 하니. 스스로 '제4
부'라 일컬으면, 나라 생각도 좀 해야 하는데…

정구영: 각하, 일본에 대한 우리나라 사람들의 감정이 워낙 거세서, 한일 국교정상화엔
큰 비용이 따를 수밖에 없습니다.

박정희: [고개를 끄덕이면서, 한숨을 내쉰다.]

우리가 일본과 국교를 정상화해야만 하는 사정을 국민들이 알아야 합니다. 일본
은 우리에게 가장 가까운 이웃입니다. 이웃하고 담 쌓고 말 안 하고 지내는 것이
얼마나 힘들어요? 얼마나 어리석어요?

정구영: 그렇습니다. 빨리 일본과 담을 허물고 얘기하고 지내야 합니다.

박정희: [차분한 목소리로,]

저번에 일본 정부가 재일교포들을 북한으로 보낸 일만 해도 그래요. 만일 우리가
일본하고 수교했다면, 그런 일이 일어났겠어요? 무슨 수를 써서라도 막았겠죠.
외교 경로가 없으니, 우리는 그저 궐기대회만 했어요. 재일교포들이 지옥으로 가
는 줄도 모르고 조총련 꾀임에 빠져서 북송선을 타는데, 우리는 운동장에 모여서
궐기대회만 한 거요.

[씁쓸한 웃음을 얼굴에 띠면서,]

궐기대회가 무슨 소용이 있어요? 우리 목만 아프지.

정구영: 그랬습니다. 일본 적십자사하고 북괴 적십자사가 인도주의에 따라 재일교포를

북한으로 송환한다고 사기극을 벌여도, 막을 길이 없었습니다.

박정희: 정식으로 수교를 해서 공식 외교 경로가 수립되어야, 할 수 있는 일들이 산더미 같은데… 일본이 잘못한 것들을 정식으로 지적하고 사과를 받고 보상 받을 것은 받고, 그래야 하잖아요?
[고개를 젓고서, 높아진 목소리로 말한다.]
일본이 자기 잘못을 스스로 밝히겠어요? 일본만 그런 것도 아닙니다. 자기 잘못을 스스로 밝히는 나라는 없어요. 자료는 모두 일본이 갖고 있으니, 일본에 자료를 요구해서 받아내야 사과도 제대로 받아낼 수 있어요. 다른 것은 그만두고라도, 남양군도에서 북해도에서 사할린에서 죽은 우리 동포들의 원혼을 달래려면, 거기 위령비라도 세우려면, 일본에 자료를 달라고 요구해야 돼요. 그저 일본 욕하고 끝나서 될 일이요?

정구영: [한숨을 내쉬면서,]
그렇습니다.

박정희: 아직도 춘궁기엔 굶주리는 사람들이 있는데, 언제까지 이런 가난에서 허우적거려야 합니까? 공장 짓고 수출해야 할 것 아닙니까? 제품들을 만들어도 우리 국민들이 돈이 없으니, 살 수가 없잖아요? 수출할 만한 공장들을 지으려면, 큰돈이 필요한데, 그런 돈이 어디서 나옵니까?
[단호한 어조로,]
지금 미국 사람들은 우리가 연명할 만한 원조는 해주지만, 공장 지을 돈은 안 줘요. 일본에 대해선 우리가 당당히 요구할 수 있잖아요, 역사적 과오에 대해 최소한의 보상을 하라고. 그 보상금 받아서 공장 짓겠다는 건데, 왜 반대를 해요?

이후락(李厚洛) 비서실장이 다가온다.

이후락: [민망한 얼굴로,]

오늘 집회에서 야당 당수가 "악질 선거로 정권을 잡은 박정희는 군정 때의 무능한 정치로 국고가 탕진되자 평화선을 일본에 팔려고 내놓았다"고 했습니다.

박정희: 흠. 역사에 남을 명연설이군.

정구영: [결연히,]

각하, 그런 발언이 나왔으면, 우리도 대응해야 합니다. 그냥 넘기면, 안 됩니다. 제 생각엔 각하께서 담화를 발표하시는 것이 좋을 것 같습니다.

박정희: [고개를 끄덕이면서,]

좋은 말씀입니다. 이 실장, 학생들이 그런 사람들의 선동에 놀아나지 않도록 당부하는 담화를 준비하시오. '학생들의 우국충정은 이해하나, 외교에는 도움이 되지 않는다'는 요지로 준비해 보시오.

이후락: 예, 각하.

[고개 숙여 인사하고 물러난다.]

박정희: [좌중을 둘러보면서,]

일본과 국교를 맺는 것은 우리가 해외로 진출하는 첫걸음입니다. 우린 '삼면이 바다'라는 말을 입에 올리고 삽니다만, 지금까지 바다 너머 큰 세상으로 나가보려고 노력한 적이 없어요.

모두 고개를 끄덕인다.

우리가 그렇게 바다 너머로 나가는 첫 관문이 일본입니다. 배도 비행기도 먼저 일본에 들른 다음에 우리나라로 옵니다. 지식, 기술, 자본 모두 일본을 통해서 들어옵니다. 우리 대한민국이 나아가야 할 길은 해외로 뻗었고 그 길의 첫 관문이 일본입니다.

정구영: 참으로 옳으신 말씀입니다.

모두 고개를 끄덕여 동의를 표한다.

이후락이 다시 들어온다.

이후락: 각하, 동경에서 김종필 의장의 전화가 왔습니다. 연결하겠습니다.

박정희: [전화 송수화기를 집어 들면서,]
　　　　여보세요?

[김종필의 목소리]: 각하, 접니다.

박정희: 수고 많지? 어때, 잘 돼가나?

[목소리]: 예, 각하. 곧 오히라(大平) 외상을 만나서 일정에 관해서 최종적으로 합의할 예정입니다. 5월 초에 한일협정에 조인하는 일정에 실무자들과 합의를 보았습니다.

박정희: [좀 밝아진 얼굴로,]

　　　잘 했소. 그대로 추진하시오.

[목소리]: 일본측에선 우리 국내 정세에 대해 상당히 걱정하고 있습니다.

박정희: 그렇겠지. 걱정하지 말라고 그러세요. 이곳은 내가 책임진다고. 우리가 나라를
　　　살리겠다고 혁명했으면, 책임을 져야지. 지금 내가 못하면, 다음엔 누가 대통령
　　　이 되어도, 일본과 국교를 맺지 못한다는 것 내가 누구보다 잘 알고 있다고 일본
　　　사람들에게 얘기해주세요.

[목소리]: 잘 알겠습니다, 각하.

박정희: 수고해요.

[목소리]: 각하, 안녕히 계십시오.

박정희: [송수화기를 내려놓으면서,]

　　　5월 초에 조인하기로 합의가 된 모양입니다.

모두 잘 되었다는 뜻의 얘기를 한다.

박정희: 이제 우리 국민들이 한일협정을 마음속으로 받아들이도록 하는 일이 남았습니
　　　다. 어떻게 해야 국민들 마음을 얻을 수 있겠습니까?

장경순 국회부의장: 우리 국민의 반일 감정은 물론 일본이 우리를 강제 합병해서 통치했

다는 사실에서 나옵니다만, 6·25 때 일본이 전쟁 특수로 경제를 재건했다는 사실도 상당히 작용하는 것 같습니다. 우리가 공산주의자들과 싸우느라 사람들이 죽고 나라는 폐허가 다 됐는데, 너희는 물자 팔아서 돈 벌고 경제를 재건했잖느냐? 그래서 억울하고 배도 좀 아프고…

모처럼 좌중에 웃음이 터진다.

박정희: 나도 배가 아파.

다시 웃음이 터진다.

박정희: 실은 김 의장이 그 얘길 일본 사람들한테 했답니다. '우리가 공산주의자들과 피 흘리며 싸울 때 당신들은 군수 경기로 막대한 이익을 남겼지 않소? 지금도 우리가 공산주의자들을 막아내고 있잖소? 한국에 6억 달러가 아니라 60억 달러를 준다 해도 아까울 것 없는 것 아니요?' 하고 따졌대요.

정구영: 그랬더니 일본 사람들이 뭐라고 했답니까?

박정희: [씨익 웃으면서,]
자민당 간사장과 부간사장이 자세를 고치더니 미안하게 됐다고 했답니다.

사람들이 만족스러운 눈길을 교환한다.

장경순: 각하, 우리 국민들 생각이 그렇기 때문에, 청구권 자금 액수가 우리 국민들 성에 차지 않을 수도 있습니다. 6억 달러면, 좋은 조건입니다만, 우리 국민들의 정서

로는 그것도 부족하다고 느낄 겁니다.

정구영: 저도 그 점이 마음에 걸립니다. 야당 사람들이 틀림없이 시비를 걸 테고 언론이 그걸 받아 그대로 써대면, 우리 국민들이 그런가 보다 할 수 있습니다.

박정희: [고개를 끄덕인다.]

그 점에 대비합시다. 그런데, 이런 면도 있어요. 우리가 피 흘리며 공산군과 싸운 덕분에 일본이 안전했고 돈도 많이 벌었다는 얘기는 실은 한 면만 본 것이거든. 전쟁에서 실제로 싸운 사람들은 알잖아요, 우리가 일본 덕을 본 것을.

[대부분이 군인 출신인 좌중을 돌아본다.]

아군이 공산군에게 밀릴 때, 구원 요청을 하면 몇 시간 안에 항공기들이 폭격을 해서 적군을 저지했어요. 그 항공기들이 어디서 왔어요? 다 일본서 날아온 것 아닙니까? 우리가 공산군하고 싸워서 이긴 건 미군의 무기와 물자 덕인데, 그 무기와 물자 대부분 일본에서 만들었잖아요?

정구영: 그렇습니다.

박정희: 일본이 큰돈을 벌었단 얘기는 일본이 6·25 때 우리에게 필요한 물자들을 제공해서 결정적 도움을 주었단 얘기도 됩니다. 일본의 전략적 중요성을 잊으면, 외교든 국방이든 제대로 수행할 수 없습니다.

모두 고개를 끄덕인다.

정구영: 각하 말씀이 맞습니다. 사람들이 자기선전에 먼저 넘어가는 수가 있습니다. 일본의 전략적 중요성을 우리 자신이 잊으면 안 됩니다.

박정희: 거듭 얘기한 것처럼, 일본은 우리가 바다 너머 세계로 나아가는 데서 첫 관문입니다. 우리 공화당원 한 사람 한 사람이 그 점을 국민들에게 알려서 국민들이 국교 정상화를 지지하도록 만들어야 합니다.

정구영: 잘 알겠습니다. 각하, 저희도 힘껏 노력해서 각하의 큰 뜻을 국민들 모두가 잘 알도록 하겠습니다.

모두 동감임을 표시한다.

박정희: 이 고비만 잘 넘기면, 우리 앞길은 밝습니다. 온 세계로 뻗어나갈 수 있어요.
    [서류 하나를 찾아서 집어 든다.]
    서독에 파견된 우리 광부들이 잘 근무한답니다. 낙오자 하나 없이 모두 힘든 작업을 잘 견딘다고 합니다. 간호원들도 대환영을 받고.
    [좌중을 둘러보면서,]
    우리 민족이 자질이 뛰어나므로, 해외로 나가면, 모두 성공할 수 있습니다. 서독에 간 우리 광부들과 간호원들은 해외취업의 길을 개척하는 사람들입니다. 내가 곧 서독에 갑니다. 미국과 일본만이 아니라 유럽에서도 자금을 얻어 보려 합니다.
    [자리에서 일어나 앞으로 나온다.]
    우리의 앞길은 바다너머에 있습니다.

    [무용수들 등장]

박정희가 〈희망의 나라로〉를 부른다.

    배를 저어가자 험한 바다 물결 건너 저편 언덕에

산천 경개 좋고 바람 시원한 곳 희망의 나라로

모두 함께 부른다.

돛을 달아라 부는 바람 맞아 물결 넘어 앞에 나가자
자유 평등 평화 행복 가득한 곳 희망의 나라로

# 8장

1964년 봄

경북 구미군.

〈외나무다리〉 가락이 잔잔히 흐른다.


박정희: 오랜만에 고향에 오니, 옛 생각이 간절해지는구려.

  [한숨을 맛있게 쉰다.]


육영수: 저도요.


박정희: 우리 처음 만났을 때가 엊그제 같은데, 벌써… 그때 참 힘들었는데. 당신을 만나
   지 못했다면, 내가 어찌 되었을지 상상이 안 돼.


육영수: [잔잔한 웃음을 띠고 박정희를 돌아본다.]
   그런 말씀 하실 때도 있네요.


박정희: [눈에 웃음을 담고서,]

내가 그런 얘기 한 적이 없나?

육영수: 있다고 생각하세요?

박정희: [싱긋 웃으면서,]

저기 복사꽃이 곱네. 당신이 복사꽃 같다고 한 적이 있나?

육영수: [손으로 입을 가리고 웃는다.]

박정희: 왜 웃어? 나도 알고 보면 부드러운 남자야.

박정희 대통령이 육영수 여사의 어깨를 감싸 안고 〈외나무다리〉를 부른다.

복사꽃 능금 꽃이 피는 내 고향
만나면 즐거웁던 외나무다리

육영수 여사가 따라 부른다.

그리운 내 사랑아 지금은 어디
새파란 가슴 속에 간직한 꿈을
못 잊을 세월 속에 날려 보내리

박정희: 당신은 무슨 꿈이 있소?

육영수: [먼 하늘을 바라보며 가벼운 한숨을 쉰다.]

이제 무슨 큰 꿈이 있겠어요? 그저 아이들 잘 자라고

[박정희 대통령을 돌아본다.]

당신하고 해로하면, 족하죠.

박정희: 해로라. 하지만 내가 나이가 너무 많아서, 해로하긴 어렵겠는걸.

육영수: 왜요? 오래 오래 사실 테니까, 걱정 마세요.

박정희: 이맘때면 힘들었지. 쌀이 떨어져가고 아직 보리는 나오지 않은 때. 얼마나 배가 고프던지, 밥 한 사발만 고봉으로 먹으면, 원이 없겠다 싶었지.

육영수: 고개 중에서 보릿고개가 제일 넘기 힘들다고 했었죠.

박정희: 이제 곧 보릿고개가 없어질 거야. 내가 없애겠다고 다짐했잖아? 무슨 일이 있어도, 그 지긋지긋한 가난을 없애겠다고.

육영수: 이 세상에 그 어려운 일을 해낼 사람이 있다면, 그 사람은 당신이에요.

박정희: [고개를 끄덕이고서,]

내 한번은 공장에 가서 어린 여공에게 "소원이 무엇이냐?" 물었지. 그랬더니 그 여공이 기어들어가는 목소리로 그러데, "제 또래 아이들처럼 교복 한번 입어보고 싶습니다." 그 뒤로 그 여공의 모습이 늘 눈에 밟힙니다. 그런 여공들이, 배우고 싶어도 배우지 못하는 아이들이, 일하면서 배울 수 있도록 해 줄 생각이오.

[무용수들 등장]

박정희 대통령이 앞으로 나와서 〈고향에 찾아와도〉를 부른다.

> 고향에 찾아와도
> 그리던 고향은 아니드뇨

육영수 여사가 따라 부른다.

> 두견화 피는 언덕에 누워
> 풀피리 맞춰 불던 옛 동무여
> 흰 구름 종달새에
> 그려보던 청운의 꿈을
> 어이 지녀 가느냐
> 어이 세워 가느냐

# 9장

1964년 12월 9일

서독 수도 본의 루트비히 에르하르트(Ludwig Erhard) 수상의 집무실.

〈전나무(Der Tannenbaum)〉 가락이 묵직하게 흐른다.


박정희 대통령과 에르하르트 수상이 회담한다.


박정희: 각하, 한국도 서독과 마찬가지로 공산국가들로부터 위협을 받고 있습니다. 공산
국가들을 이기려면 경제가 번영해야 합니다. 그런데 우리에겐 돈이 없습니다. 돈
을 빌려주시면, 그것을 국가 재건에 쓰겠습니다.


에르하르트: [시가 연기를 내뿜으면서, 고개를 끄덕인다.]

　　　예, 예.


박정희: 한국은 가난한 나라였습니다. 백 년 전 우리 조상들은 세계를 몰랐고 그래서 기
회를 놓쳤습니다. 이제 독일에 와서 '라인강의 기적'을 보고 배워서 우리도 독일
처럼 부강한 나라가 되어 공산주의 국가들의 위협으로부터 자유로운 나라가 되

고자 합니다.

**에르하르트**: [여전히 시가를 피우면서, 박정희의 긴 얘기를 참을성 있게 듣는다.]

　　　　좋은 말씀입니다.

**박정희**: 사실 우리가 서독을 방문한 목적은 '라인강의 기적'을 보고 배우기 위한 것도 있지만, 돈을 빌리기 위한 것도 있습니다. 각하, 돈을 빌려주십시오.

**에르하르트**: [천천히 고개를 끄덕이고서,]

　　　　각하, 일본과 손을 잡으시지요.

**박정희**: [느닷없는 일본 얘기에 화가 난 듯, 에르하르트를 쳐다본다.]

　　　　일본요?

**에르하르트**: 각하, 한국이 경제 발전을 이루려면, 일본과 손을 잡아야 합니다. 우리 독일과 프랑스는 역사상 마흔 두 번이나 전쟁을 했습니다. 그래도 아데나워 수상이 드골 대통령과 만나 화해를 해서 두 나라가 손을 잡았습니다. 그런 협력이 경제 발전의 기반이 되었습니다. 한국도 일본과 손을 잡으시지요.

**박정희**: 독일과 한국은 경우가 전혀 다릅니다. 독일과 프랑스는 대등하게 싸웠습니다. 한국은 일방적으로 일본의 침입을 받고 지배를 받았습니다. 우리 국민들의 감정이 일본과의 협력을 허용하지 않습니다. 그나마 일본은 우리에게 사과도 제대로 한 적이 없습니다.

**에르하르트**: 그래요? 일본이 사과하고 가능하면 보상도 해야겠지요. 그런 전제 아래서 일

본과 손을 잡으십시오. 그렇게 해서 경제를 발전시키고 공산주의의 위협을 물리치십시오. 우리가 뒤에서 돕겠습니다.

박정희: 알겠습니다. 노력해보겠습니다. 각하의 좋은 말씀 정말로 감사합니다.

에르하르트: 아닙니다. 내가 각하의 애국적 열정에 감복했습니다. 각하의 애국적 열정을 우리 각료들에게 전하겠습니다. 그리고 재정 차관을 제공하고 지속적 경제 협력을 위한 방안을 마련하라고 지시하겠습니다.

박정희: 각하, 정말로 감사합니다.

에르하르트: 정치 지도자는 누구나 고민이 많고 스트레스를 받습니다. 각하나 나처럼, 분단 국가의 지도자들은 더욱 그렇습니다. 공산주의자들의 위협에 늘 시달리죠.
[자리에서 일어난다.]
각하, 이리 와 보시겠습니까?
[박정희를 벽에 걸린 큰 지도 앞으로 안내한다.]
보십시오. 우리 독일을 향해 '바르샤바 조약기구'의 군대가 언제라도 진격할 태세죠? 특히 이곳 '풀다 갭'이 문제입니다. 이 평지로 소련과 동독의 전차 부대가 밀려오면, 우리 독일은 재래식 무기만으론 대항하기 어렵습니다.

박정희: [지도에 표시된 상황을 파악하고, 고개를 끄덕인다.]
전차부대가 기동하기 좋은 지형이네요. 한국전쟁에서 바로 이런 지형에서 우리가 북한군에게 밀렸습니다.

에르하르트: 아, 그랬습니까? 소련의 전차 부대들이 밀려오면, 우리는 미국이 지닌 핵무

기를 써야 그들을 저지할 수 있습니다. 그러나 핵무기가 사용된 우리 땅은 어떻게 되겠습니까?

박정희: [무겁게 고개를 끄덕인다.]
　　　정말 곤혹스럽겠습니다.

에르하르트: 그렇습니다. 제가 수상에 취임한 뒤로 저는 한시도 이 걱정에서 자유로운 적이 없었습니다. 아마 각하도 그러하실 겁니다. 한국은 북한과 파괴적인 전쟁을 치렀으니, 상황이 훨씬 더 심각하겠지요?

박정희: [씨익 웃으면서,]
　　　그렇습니다. 북한에선 지금도 특공대를 우리 땅으로 침투시켜서 잔인한 짓거리들을 저지릅니다.

에르하르트: 그런가요? 해결하기 어려운 일로 마음이 무거울 때면, 나는 노래를 부릅니다. 좋아하는 노래를 부르면, 마음이 좀 가벼워지죠.

박정희: 아, 그러십니까?

에르하르트: 각하께선 음악적 재능이 뛰어나시다는 보고를 받았습니다. 각하께선 어떤 노래를 좋아하시나요?

박정희: [싱긋 웃으면서,]
　　　〈황성 옛터〉라는 노래입니다. 쇠망한 왕조의 수도에서 옛날을 그리워하는 노래죠. 일본이 한국을 지배할 때 나온 노랜데, 민족 감정을 자극한다고 일본 당국이

금지했었습니다.

에르하르트: 아, 그렇습니까? 각하, 그 노래를 듣고 싶습니다. 나를 위해 한번 불러주실
수 있겠습니까?


[솔로 무용수 등장]


박정희: [좀 겸연쩍은 낯빛으로, 고개를 끄덕이고 목청을 고른다.]


황성 옛터에 밤이 되니

월색만 고요해

폐허에 서린 회포를

말하여 주노라

아아 가엽다 이 내 몸은

그 무엇 찾으려고

끝없는 꿈의 거리를

헤매어 있노라


에르하르트: [웃는 얼굴로 박수를 친다.]
참으로 아름다운 노래입니다. 각하와 같은 우국지사의 심정을 잘 표현한 노래라
고 생각합니다.


박정희: 감사합니다. 각하께선 어떤 노래를 좋아하시나요?


에르하르트: 슈베르트의 가곡들을 좋아합니다. 걱정이 많고 마음이 무거울 땐, 〈보리수〉

를 즐겨 부릅니다. 각하도 아시죠? 함께 부르실까요?

[듀엣을 위해 다른 무용수 등장]

두 사람이 함께 〈보리수〉를 부른다.

성문 앞 우물 곁에 서 있는 보리수
나는 그 그늘 아래 단꿈을 보았네
가지에 희망의 말 새기어 놓고서
기쁠 때나 슬플 때 찾아온 나무 밑

# 10장

1964년 12월 10일.

서독 뒤스부르크 시 함보른 탄광회사 강당.

〈몽금포 타령〉 가락이 애잔하게 흐른다.


박정희 대통령을 환영하려고 찾아온 광부들과 간호원들이 태극기를 손에 들고 기다린다.


광부 1: [치밀어 오르는 감정에 탁해진 목소리로,]

　　　하 참. 여기서 우리 대통령을 뵙게 될 줄은 정말 몰랐네.


광부 2: 그러게 말이야. 부모님 만나는 것보다 더 설레네.


간호원 1: 언니, 어젯밤 늦게까지 근무했더니, 아침엔 물 먹은 솜 같았어요. 억지로 나섰
　　　을 때는 '내가 왜 이 고생을 사서 하나' 하는 생각이 들었는데, 여기 와서 태극기
　　　를 들고 서니, 벌써 눈물이 나요.


간호원 2: 아우도 그래? 나도 억지로 눈물 참고 있어. 아, 저기 오시는 모양인데. 사람들

이 많이 몰려오네.

박정희 대통령과 육영수 여사가 수행원들에 둘러싸여 들어온다.

광부들과 간호원들이 태극기를 흔들면서 박수 치고 소리 내어 환영한다.

대통령 내외가 손을 흔들어 답례한다.
육영수 여사는 손수건을 꺼내 눈물을 닦는다.

눈물을 닦는 간호원들이 보인다.

대통령 일행이 단상에 오른다.

사회자: 국기에 대한 경례가 있겠습니다. 모두 단상의 태극기를 향해 서주시기 바랍니다.
　　　　[장내가 정돈되자, 구령을 붙인다.]
　　　　국기에 대하여 경례.
　　　　[경례가 끝나자,]
　　　　바로. 이어 애국가 합창이 있겠습니다.

광부들로 이루어진 취주악단이 〈애국가〉를 연주한다.

　　　　동해물과 백두산이 마르고 닳도록
　　　　하느님이 보우하사 우리나라 만세

감정이 북받친 사람들의 목소리가 탁해지고 더러 갈라진 목소리들도 나온다.

무궁화 삼천리 화려 강산

모두 눈물을 흘리느라, 마지막 소절은 잘 나오지 않는다.

대한 사람 대한으로 길이 보존하세.

취주악단의 연주가 끝나자, 박정희 대통령이 손수건으로 눈물을 닦고 코를 푼 다음, 연설을 시작한다.

박정희: 여러분, 만리타향에서 이렇게 상봉하게 되니, 감개무량합니다. 조국을 떠나 이역만리 남의 나라 땅 밑에서 얼마나 수고가 많으십니까? 서독 정부의 초청으로 여러 나라 사람들이 이곳에 와 일하고 있는데, 그 중에서도 한국 사람들이 제일 잘하고 있다는 칭찬을 받고 있음을 기쁘게 생각합니다.

청중 사이에서 훌쩍이는 소리가 들려온다.

가슴이 벅찬 박정희 대통령은 원고를 보지 않고 즉흥 연설을 시작한다.

박정희: 광부 여러분, 간호원 여러분, 모국의 가족이나 고향 땅 생각에 괴로움이 많을 줄로 생각되지만, 개개인이 무엇 때문에 이 먼 이국에 찾아왔던가를 명심하여 조국의 명예를 걸고 열심히 하시기 바랍니다.

청중 사이에서 흐느끼는 소리가 들린다.

박 대통령의 목소리도 잠겼다. 육영수 여사가 손수건으로 눈물을 훔친다.

박정희: 비록 우리 생전에는 이룩하지 못하더라도 후손을 위해 남들과 같은 번영의 터전
만이라도 닦아 놓읍시다.


흐느끼는 소리가 커지자, 박정희 대통령이 연설을 중단하고 손수건으로 눈물을 훔친다.
청중 모두와 수행원도 울음을 터뜨린다.


박정희 대통령이 마침내 연설을 포기하고 내려와서 광부들과 간호원들을 만난다. 일일
이 악수하고 파고다 담배를 한 갑씩 선사한다.


함보른 탄광에서 근무하는 광부들이 몰려 들어온다.
막장에서 갓 나와 검은 석탄 가루를 뒤집어 쓴 채로, 대통령 가까이 다가온다.

광부 3: [시꺼먼 손을 내밀면서,]

　　　　각하, 손 한번 주게 해주세요.


박정희 대통령이 그의 손을 덥석 잡는다. 그리고 어깨를 토닥거린다.

광부 4: [울먹이면서,]

　　　　각하, 조금만 더 계세요. 우리를 두고 그냥 떠나시렵니까?

박정희: 내 마음 같아서, 여기서 여러분들하고 함께 지내면서…

　　　　[눈물을 훔치면서,]

　　　　여러분들을 여기 남겨두고 가는 마음이…


광부 5: 대통령 각하께서 나랏일로 바쁘신데, 우리가 이렇게… 이제 얼굴을 뵈었으니, 편

안히 가시도록 합시다.

박정희: 감사합니다. 또 뵐 날이 오겠죠. 여러분들 모두 열심히 일하시고서 무사히 고향으로 돌아오시기 바랍니다. 그런 뜻에서 우리 같이 고향의 노래를 부릅시다.

흐르는 눈물을 닦을 생각도 하지 않은 채, 박정희 대통령이 〈고향의 봄〉을 부른다.

나의 살던 고향은 꽃 피는 산골
복숭아꽃 살구꽃 아기 진달래

모두 울면서 따라 부른다.

울긋불긋 꽃 대궐 차린 동리
그 속에서 놀던 때가 그립습니다

박정희 대통령과 육영수 여사가 손을 흔들고 밖으로 나간다.

광부들과 간호원들이 노래 부르고 춤 추며, 대통령 일행을 환송한다.

꽃 동리 새 동리 나의 옛 고향
파란 들 남쪽에서 바람이 불면
냇가의 수양버들 춤추는 동리
그 속에서 놀던 때가 그립습니다

# 11장

1966년 4월 어느 밤.

청와대 대통령 거소의 서재.

어지러운 음악이 흐른다.


박정희 대통령이 혼자 막걸리를 마신다.

앞엔 신문들이 펼쳐져 있다.


육영수 여사가 조용히 들어온다.


**육영수:** [얼굴에 부드러운 웃음을 띠고 조심스러운 목소리로,]

　　　혼자 드시는 것보다는 마누라라도 대작하는 것이 낫지 않을까요?


**박정희:** [싱긋 웃으면서, 의자를 가리킨다.]

　　　애들은?


**육영수:** [의자에 앉으면서,]

근영이하고 지만이는 자요. 근혜는 숙제가 있다고…

**박정희:** [고개를 끄덕이고서, 잔을 비운다.]

한 잔?

**육영수:** [웃으면서,]

조금만요.

**박정희:** [잔에 막걸리를 따라 건넨다.]

맛이 괜찮은데.

**육영수:** [한 모금 마시고서,]

맛이 괜찮네요.

[잔을 내려놓고 책상 위에 널린 신문들을 흘긋 살핀다.]

속이 많이 상하시죠?

**박정희:** [신문들을 노려보면서, 노기 어린 목소리로,]

상하다마다. 명색이 정치 지도자들이라는 사람들이 나오는 대로 뱉으면 다 말이 되는 줄 알아.

**육영수:** 그러게 말이에요. 당신이 무슨 일을 하셔도 잘한다고 할 사람들은 아니니, 너무 마음 쓰지 마세요.

**박정희:** 그래도 그렇지. 지금 온 세계 자유 국가들하고 공산 국가들이 죽느냐 사느냐 싸우는 판인데, 우리만 따로 평화롭게 지낼 수 있는 것처럼 얘기하니.

[한숨을 길게 내쉰다.]

미국이 월남에서 싸우는데, 동맹국인 우리는 혼자 평화롭게 산다고? 그게 동맹인가? 미국이 육이오 때 몇 만 명의 젊은 목숨들을 여기 한반도에서 희생해서 다 무너진 대한민국을 일으켜 세웠는데, 미국이 어려울 때 우리는 외면한다고? 그게 사람이 할 짓이야? 이해득실을 떠나서, 그게 사람이 할 짓이냐고?

육영수: 어린애들도 아는 이치를 모른다니 답답하죠.

[한숨을 내쉰다.]

박정희: [잔을 비우고서, 마음이 좀 가라앉은 목소리로,]

내가 알아들을 만큼 얘기를 했어요, 우리가 가만히 있으면, 미국이 알았다 그러겠냐고? 급한 판이니, 미국이 주한 병력을 월남으로 빼돌릴 것 아니냐고? 이미 빼돌리고 있다고. 주한 미군이 북한군의 침입을 막는 인계철선 노릇을 한다고 다들 그러면서, 그 인계철선이 사라지는데도 걱정하는 사람이 없다고. 걱정하는 사람이 없는 게 더 걱정이라고.

[육영수가 주전자를 들어 잔을 채우기를 기다려,]

그래서 여기 있는 미군은 그대로 놔두고 우리 병력이 월남에 가서 싸우겠다고 미국에 제안한 거야. 좋은 생각 아냐? 주한 미군 병력이 그대로 유지되니, 북한군이 넘볼 수 없고. 미국은 동맹국이 참전하니 고마워하고. 왜 그걸 반대해? 반대하다가도 정말로 나라의 안위에 관련된 일이면, 옳다고 협력해야지.

육영수: 원래 그런 사람들이니, 그러려니 하세요. 공화당 사람들이 나서서 좀 설득하라고 하세요.

박정희: 설득한다고 설득될 사람들이오? 우리 병사들 봉급 문제도 그래요. 우리가 일단 월남전에 참전하면, 우리 병사들도 합당한 대우를 받아야 할 것 아니오. 그래서

미군 수준은 아니더라도 상당한 봉급을 받도록 했어요. 아, 그랬더니, 젊은이들의 목숨을 돈하고 바꾼다는 거야.

육영수: 그런 얘기에 속을 국민들은 없잖아요?

박정희: [한숨을 길게 내쉬고서,]

젊은이들의 목숨을 돈하고 바꾼다는 얘기가 워낙 역겨워서. 내가 어쩌다 이런 처지가 되었나 하는 생각까지 들었어요. 다 그만두고 시골에 내려가서 농사나 지으면서 살면 어떨까 하는 생각도 해봤어요. 얼마나 좋아? 우리 아이들에게 흙냄새 맡게 하고. 가꾼 곡식들 추구하는 재미도 가르치고.

[아이들 방 쪽을 가리키면서,]

우리 아이들 호강하고 사는 것 같지만, 어떨 땐 가슴이 아파. 친구 하나 제대로 있겠어? 우리 근혜, 근영이, 지만이, 한 학교 다닌다고 한 반이라고, 바로 옆에 앉는다고, 친구로 여길 학생들이 있겠어? 난 그게 제일 걱정이요. 흉금을 털어놓을 친구가 없으리라는 생각을 하면…

[고개를 젓는다.]

육영수: 저도 그게 걱정이에요. 앞으로 우리 아이들도 어려움을 겪을 텐데, 그때 곁에서 손을 붙잡아줄 친구가 있으려나, 하는 생각이 문득 문득 들어요.

[나오는 한숨을 죽인다.]

박정희: 우리 시골로 내려갑시다. 내려가서 농사지으면서 여유롭게 삽시다.

[벌떡 일어나서, 〈물방아 도는 내력〉을 부른다.]

서울이 좋다지만, 나는야 싫어

흐르는 시냇가에 다리를 놓고

고향을 잃은 길손 건너게 하며

봄이면 버들피리 꺾어 불면서

물방아 도는 역사 알아 보련다


육영수: [회상하는 얼굴로,]

어릴 적엔 호드기 만들어서 불곤 했죠.


박정희: 지금이 막 버드나무에 물이 올라서 호드기 만들기 좋은 땐데.

[부드러워진 얼굴로 진지하게 육영수를 건너다본다.]

여보, 우리 정말로 낙향하면 어떨까?


육영수: [박정희의 낯빛을 살피면서,]

진담이세요?


박정희: 진담이요.

[손을 내밀어 육영수의 손을 잡는다.]

오늘 갑자기 더 하기 싫다는 생각이 들면서 온 몸에서 힘이 빠져나갑니다. 그냥
해본 소리가 아니오.


육영수: 그러면 나랏일은 누가 맡나요?


박정희: 대통령 하겠다는 사람들이 널렸잖소?


육영수: 대통령 하겠다는 사람들이 많은 건 사실이지만,

[조용히 고개를 젓는다.]

그래도 지금 당신이 물러나면… 이 어려운 때에 당신이 물러나면… 나라가 흔들리지 않을까요? 혁명하실 때 그러셨잖아요, 나라가 길을 잃어서 길을 찾기 위해 혁명을 하신다고. 이제는 길을 내신다고 하셨잖아요? 댐을 쌓고, 고속도로를 내고, 제철소를 세우고. 그렇게 새로운 길을 개척하신다고 하셨잖아요? 그 일을 끝내셔야 하는 것 아녜요?

박정희: [쓸쓸히 웃으면서,]

어쨌든, 나한테는 확실한 지지자가 한 사람은 있네.

육영수가 〈그대 있음에〉를 부른다.

> 그대의 근심이 있는 곳에
> 나를 불러 손잡게 하라
> 큰 기쁨과 조용한 갈망이
> 그대 있음에 그대 있음에
> 내 맘에 자라거늘 오 그리움이여
> 그리움이여 그리움이여

육영수가 두 팔을 들어 손을 내민다.

> 그대 있음에 내가 있네

박정희가 육영수에게 한 걸음 다가서서 두 손을 잡고 감정이 북받쳐서 고개 숙인다.

[페이드-아웃]

# 12장

1968년 1월.

청와대 대통령 집무실.

〈성자들이 행진해 올 때(When the Saints Come Marching In)〉 가락이 경쾌하게 흐른다.


박정희 대통령이 책상 위에 놓인 지도를 들여다본다.

책상엔 자와 연필들이 놓여있다.


김학렬(金鶴烈) 경제제1수석비서관이 들어온다.


김학렬: 각하, 이병철 사장과 정주영(鄭周永) 사장이 도착했습니다.


박정희: [지도에서 눈을 떼지 않은 채, 말한다.]

　　　들어오시라고 하게.


김학렬: 예, 각하.

　　　[돌아서서 나간다.]

김학렬의 안내를 받아, 이병철 삼성 사장과 정주영 현대건설 사장이 들어온다.


**이병철, 정주영:** 각하, 안녕하셨습니까?

    [허리 굽혀 인사한다.]


**박정희:** [천천히 허리를 펴면서, 밝은 얼굴로 맞는다.]

    아, 이 사장님, 정 사장님, 어서 오십시오. 반갑습니다.


**이병철:** [책상 앞으로 다가서면서,]

    무엇을 하고 계십니까? 우리나라 지도 아닙니까?


**박정희:** [느긋한 미소를 지으면서,]

    예. 고속도로 노선을 다시 점검하는 겁니다.


**이병철, 정주영:** 아, 예.

    [서로 흘긋 쳐다본다.]


**박정희:** 길을 한번 내면, 다시 고쳐 내기가 힘들죠. 처음에 낼 때, 잘 내야죠.


**이병철:** 각하께서 고속도로를 내시겠다는 포부를 품으신 것은 저희도 잘 압니다. 고속도로가 중요하다는 것도 잘 압니다. 하지만 지금은… 북한에서 특공대가 내려와 청와대를 습격하고 미군 푸에블로 호가 북한에 납치돼서…


**박정희:** [여전히 느긋한 미소를 띤 채,]

    북한이 우리를 공격하는 것이야 새삼스러운 것이 없잖소? 우리가 월남전에 참가

했다고 북한이 한반도에 '제2전선'을 만든다 했잖소? 김일성이가 이번엔 날 죽이려고 작정했던 모양인데, 앞으로도 별의별 일을 다 꾸밀 거요.

이병철, 정주영: 예, 각하.

이병철: 정말로 걱정스럽습니다. 각하께서 우리나라를 부강하게 만드시니, 북한이 초조할 것입니다. 익독한 공산주의자들이 가만히 있을 리 없습니다.

정주영: 각하, 각하 신변에 위험이 닥치지 않게 특단의 대책을 세우셔야 합니다.

박정희: 고맙습니다.
[결의에 찬 얼굴로 다짐한다.]
저들이 무슨 짓을 하더라도, 나는 이 나라를 안전하게 지킬 것입니다.


[무용수들 등장]

박정희가 한 걸음 나서면서 〈삼팔선의 봄〉을 부른다.

눈 녹인 산골짝에 꽃이 피누나
철조망은 녹슬고 총칼은 빛나

이병철, 정주영, 김학렬이 따라 부른다.

세월을 한탄하랴 삼팔선의 봄
싸워서 공을 세워 대장도 싫소

이등병 목숨 바쳐 고향 찾으리

박정희: 이번에도 미국이 주저하는 바람에, 북한의 망나니짓을 제대로 응징하지 못했소. 힘이 없으면, 서러운 거요.

이병철, 정주영: 그렇습니다.

박정희: 북한이 망나니짓거리를 하는 것은 우리에겐 일상사입니다. 나라를 이끄는 사람은 일상적 문제들에만 몰두할 수 없어요. 십 년, 이십 년 뒤에 나라가 갈 길을 생각해야 합니다. 지금 고속도로를 놓는 일이 바로 그렇게 먼 앞날을 생각하는 것입니다. 길이 있어야 길이 있습니다.
[싱긋 웃으면서, 설명한다.]
사람들이 다닐 길이 있어야, 우리나라가 나갈 길이 생긴다, 그런 얘깁니다.

이병철: 참으로 옳으신 말씀이십니다.
[웃음 띤 얼굴로 정주영을 돌아본다.]

정주영: [얼굴에 웃음을 띠고서,]
각하, 길을 뚫는 것은 제가 좀 해보았습니다. 각하 말씀대로 길이 생겨야 다른 것도 생깁니다.

박정희: [힘주어 고개를 끄덕이면서,]
내가 서독에 가서 가장 부러웠던 것이 바로 고속도로였습니다. 아우토반이란 그 도로 정말로 멋집니다. 그때 결심했어요, 내가 우리나라에 꼭 고속도로를 내겠다고. 그래도 돈이 너무 많이 들어서 엄두를 못 냈는데, 미국과 세계은행에서 적극

적으로 추천했어요. 철도에만 의존할 때는 지났다고. 기술도 제공하겠다 합니다.
[지도를 가리키면서,]
이렇게 서울에서 부산까지 고속도로가 생기면, 온 나라가 활기차게 움직일 거요.
도로는 사람의 핏줄이나 마찬가지잖아요? 도로가 좋아야, 사람과 물자가 쉽고
빠르게 움직이지.

정주영: 참으로 좋은 말씀이십니다.

이병철: 각하의 혜안엔 그저 감탄할 수밖에 없습니다.

박정희: 우리가 낸 길을 따라 차들이 많이 다니면, 점점 더 크고 멋진 고속도로들이 생겨
날 겁니다. 길이 없으니, 차가 안 다니고, 차가 안 다니니, 길다운 길이 생기지 않
는 악순환을 우리 대에서 끊읍시다.

이병철, 정주영: 예, 각하.

박정희: 고속도로는 지금 우리에게 버거운 사업입니다. 재원을 마련하려고 모든 부처들
의 올해 예산을 일괄적으로 5퍼센트씩 깎았습니다. 말이 5퍼센트지, 그렇게 예
산을 깎는 것은 정말로 힘든 일입니다.
[김학렬을 가리키면서, 싱긋 웃는다.]
김 수석이 계수에 밝고 추진력이 있으니 망정이지, 대통령의 말도 먹히지 않았을
거요. 이제 재원은 정부에서 마련했으니, 건설은 민간 부문에서 책임지고 해주십
시오. 공사는 정 사장님께서 주도하시고 이 사장님께선 재계가 적극적으로 나서
도록 해주십시오.

정주영: 잘 알겠습니다, 각하. 각하의 뜻을 받들어, 꼭 고속도로를 완성하겠습니다.

이병철: 우리 기업들이 모두 각하의 깊으신 뜻을 잘 이해하고 이 중요한 사업에 헌신적으로 참여하도록 진력하겠습니다.

이병철과 정주영이 인사하고 김학렬의 안내를 받아 밖으로 나간다.

박정희 대통령은 다시 지도를 들여다본다. 자를 집어 들면서, 〈황성 옛터〉를 흥얼거린다.

> 성은 허물어져 빈 터인데
> 방초만 푸르러
> 세상이 허무한 것을
> 말하여 주노라…

공보비서관: [급히 들어오면서,]

각하, 신문들이 이번 고속도로 사업에 대해 비판적입니다.

박정희: [잠시 허리를 폈다 다시 지도를 들여다보면서,]

무슨 이유로 비판적인가?

공보비서관: [민망한 얼굴로,]

경제성이 없다는 얘깁니다. 고속도로 건설엔 엄청난 자금이 들어가는데, 화물이 적어서, 경제성이 없다. 차라리 다른 데 쓰는 것이 낫다. 그런 얘깁니다.

박정희: 경제성이 없다? 늘 하는 소리군. 그래, 재원 조달 방안이 마련되지 않았다고 비

판하는 사람은 없던가?

**공보비서관:** [송구스러운 낯빛으로]

있습니다, 각하. 실은 모두 재원을 마련하는 방안도 없이 왜 서둘러 착공하느냐고 비판합니다.

**박정희:** [지도에 자를 대고서 거리를 잰다.]

비판하라고 그래.

**공보비서관:** 예, 각하.

[우물쭈물하다가 조심스럽게 걸어 나간다.]

**정무비서관:** [급히 들어오면서,]

각하, 야당 대변인들이 일제히 고속도로를 반대하는 성명을 내놓았습니다.

**박정희:** [종이에 측정한 거리를 적으면서,]

경제성이 없고 재원 조달 방안도 불분명하다는 얘긴가?

**정무비서관:** [좀 놀란 얼굴로,]

예, 그렇습니다, 각하.

**박정희:** 알았네.

[잠시 생각하더니,]

대변인 오라고 하지.

정무비서관: 예, 각하.

청와대 대변인과 정무비서관이 함께 들어온다.

대변인: 각하, 부르셨습니까?

박정희: [허리를 펴고서 천천히 고개를 끄덕인다.]
　　　　신문들과 야당이 다 고속도로 건설을 반대한다는데, 반박 성명을 내게.

대변인: 알겠습니다.

박정희: 경제성도 있고 재원도 마련할 수 있다고.

대변인: 예.
　　　　[수첩에 적는다.]

박정희: 지금 별 얘기들이 다 나오지만, 이번 고속도로 사업도 성공할 걸세. 내가 자신한
　　　　다고 하게.

대변인: 예, 각하.

박정희: 우리가 울산에 공업단지 만들자고 했더니, 모두 반대했지. 처음엔 미국 사람들도
　　　　극구 말렸어. 돈도 기술도 자원도 없는 나라가 무슨 공업단지냐고. 하지만 우린
　　　　멋지게 성공했어. 지금 울산이 어떤가 봐. 말 그대로 상전벽해야. 이번에도 그럴
　　　　거라고 해.

대변인: 예.

[열심히 수첩에 적는다.]

박정희: 미국 사람들은 정직하기나 하지. 몇 년 뒤에 그 사람들 자기들이 잘못 생각했다고 사과했어. 우리 야당 지도자들이라는 사람들은 미안하단 얘기 한마디 없어.

[고개를 젓는다.]

내가 예언을 하나 하지. 앞으로 몇 년 뒤 고속도로가 다 건설되면, 내 판단이 옳았다고 판명될 거야. 그때에도 야당 지도자들이라는 사람들은 자기들이 틀렸다고 인정하지 않을 거야. 내가 그렇게 예언했다고 발표하게.

대변인: [조심스럽게,]

각하, 각하의 예언은 그대로 실현될 것입니다. 하지만 그 예언을 지금 공표하시는 것은 좀…

박정희: [껄껄 웃으면서,]

그럼 그 예언 부분은 빼게.

대변인: [웃음 띤 얼굴로,]

예, 각하. 곧 성명을 내겠습니다.

[살았다는 낯빛으로 서둘러 나간다.]

이후락 비서실장: [풀이 죽은 얼굴로 들어와서 머뭇거린다.]

각하.

박정희: 그래 얘기는 잘 됐소?

이후락: 각하, 공화당에서 그 법안을 이번 회기에 통과시키기 어렵다고 합니다.

박정희: [얼굴이 굳어지면서,]

　　　왜?

이후락: 야당이 국회에서 농성을 하니, 정상적으로는 통과를 시키기 어렵다는 얘깁니다.

박정희: [노기에 얼굴이 하얘진다.]

　　　뭐라고? 그걸 얘기라고 하나? 아니, 다수 정당이 법안 하나를 통과 못 시켜? 다른 것도 아니고, 이 나라 경제 발전을 위해서 고속도로를 만들자는 법인데, 야당이 반대해서 정상적으로는 통과를 못 시켜? 아, 그럼 비정상적으로 통과시키면 되잖아?

이후락: 죄송합니다.

박정희: 뭐 이런 게 다 있어? 공화당이 정당 맞아? 당장 가서 말해, 모두 정신 바짝 차리라고 해.

이후락: 예, 각하.

　　　[급히 나간다.]

김학렬: 각하, 주원(朱源) 건설부장관이 도착했습니다.

박정희: [아직 노기가 덜 풀린 목소리로,]

　　　들어오라고 해.

주　원: [대통령의 안색을 살피면서,]

　　　각하, 고속도로 건설은 예정대로 잘 진행되고 있습니다.

박정희: [부드러운 목소리로, 고개를 끄덕인다.]

　　　다행이오. 주 장관 수고가 많소.

주　원: 정주영 사장의 진두지휘 아래 모두 합심해서 열심히 하고 있습니다.

박정희: 열심히 하되, 조심스럽게 추진하라고 정주영 사장에게 전하시오. 무슨 사고라도
　　　나면, 신문과 야당이 벌떼처럼 들고 일어나서 난리를 칠 것이오. 처음 하는 공사
　　　니, 조심하고 또 조심해서 사고가 나지 않도록 해야 하오.

주　원: 예, 각하. 각하 말씀 정주영 사장에게 전하고 저와 건설부 공무원들이 열심히 감
　　　독하겠습니다.

　　　[인사하고 나간다.]

이후락: [급히 들어온다. 얼굴이 밝다.]

　　　각하, 법안이 통과되었습니다.

박정희: 그래? 잘 됐군. 야당이 입에 게거품을 물겠군.

이후락: 예, 좀… 모든 정치 일정을 보이콧하겠다고 야단입니다.

박정희: [느긋한 낯빛으로 고개를 끄덕인다.]

　　　날 욕하겠지.

이후락: 말씀 올리기 송구스럽습니다만, 각하를 독재자라 부릅니다.

박정희: 독재자? 야당이 할 말 다하는 나라에서 독재자? 나라 위한 일을 하는데 독재자?

[부드러운 목소리로,]

나를 독재자라 부르는 사람들에게 그러시오, 나라 위한 일이면, 독재자 소리 달게 들겠노라고. 나는 나라 위해 일할 테니, 내가 죽은 뒤 내 무덤에 침을 뱉으라고.

# 13장

1969년 6월

경제기획원 회의실.

〈광대(I Pagliacci)〉의 〈의상을 입어라(Vesti la giubba)〉 가락이 흐른다.


김학렬 부총리 겸 경제기획원 장관이 간부 회의를 주재한다.


김학렬: [좌중을 둘러보고서]

    그저께 각하께서 임명장을 주시면서 물으셨습니다, "김 수석, 내가 임자에게 경
    제기획원을 맡긴 뜻을 알겠소?"
    [책상을 내려다보면서 뜸을 들이더니, 고개를 쳐든다.]
    그래서 각하께 말씀 드렸습니다, "각하, 포항종합제철 사업을 이루어 각하께서
    베푸신 은혜에 보답하겠습니다."


긴장한 경제기획원 간부들이 장관의 말뜻을 이해했다는 표정으로 고개를 살짝 끄덕인다.


김학렬: 여러분들도 잘 아시다시피, 각하의 염원인 종합제철 사업이 지지부진이오. 도와

주겠다는 나라가 하나도 없소. 우리가 제철 얘기만 꺼내면, 2차대전 뒤 의욕적으로 종합제철 사업을 추진했던 나라들 가운데 성공한 나라가 하나도 없다는 것만 들먹이오. "인도, 터키, 멕시코, 브라질" 하고 실패한 나라들을 줄줄이 꼽아요. 미국 사람들, 유럽 사람들, 세계은행 사람들이 '인도도 실패했고 터키도 실패했고' 하고 읊기 시작하면, 난 두통이 시작돼.

[얼굴에 야릇한 웃음을 띠고서 고개를 젓는다.]

간부들이 조심스럽게 얼굴에 웃음기를 띠면서 자세를 좀 편히 한다.

황병태(黃秉泰) 국장: 저희도 지겹게 들었습니다.

웃음이 터진다. 분위기가 좀 부드러워진다.

감학렬: 그렇겠지.

[고개를 끄덕인다.]

그런 얘기에도 물론 일리가 있어. 그런데 그런 얘기를 하는 사람들이 놓친 게 하나 있어요.

[좌중을 둘러본다.]

모두 장관의 말뜻을 알아내려고 열심히 생각한다.

감학렬: 그 사람들이 놓친 것은 지도자요. 인도, 터키, 멕시코, 브라질에 없었지만 지금 우리 대한민국에 있는 요소는 지도자요. 지향해야 할 목표를 국민들에게 제시하고 사회의 역량을 그 목표에 집중하는 지도자, 오직 나라의 앞날만을 생각하는 강직한 지도자, 그것이 그 나라들에 없었고 지금 우리나라에 있는 요소요. 결정

적 요소요.

모두 밝은 얼굴로 고개를 열심히 끄덕인다.

김학렬: 그리고 용장 아래에 약졸 없다고 하잖소? 우리도 있소. 제철에 실패한 나라들에
　　　우리만한 테크노크랫들이 있었다고 나는 생각지 않소.

모두 자부심이 밴 웃음을 얼굴에 올린다.

황병태: 감사합니다. 저희도 분골쇄신하겠습니다.

김학렬: 좋은 얘기요. 가난한 나라에선 우리 같은 테크노크랫들이 선구자가 되어야 하오.

사람들이 저마다 대답한다, "예, 알겠습니다."

김학렬이 일어나 〈선구자〉를 부른다.

　　　일송정 푸른 솔은 늙어 늙어 갔어도
　　　한 줄기 해란강은 천년 만년 흐른다.

모두 따라 부른다.

　　　조국을 찾겠노라 말 달리던 선구자
　　　지금은 어느 곳에 거친 꿈이 깊었나

다시 자리에 앉는다.

김학렬: 이제 우리는 선구자의 정신으로 제철 사업에 매진하오. 사람이 목숨을 건다는 말을 함부로 하면 안 되지만, 나는 이 일에 목숨을 걸겠소.

일  동: [모두 진지한 얼굴로,]
저희도 목숨을 걸겠습니다.

김학렬: [정문도(鄭文道) 차관보를 바라보며]
정 차관보에게 이 일을 맡기겠소. 이제부터 정 차관보는 기획원에 출근하지 않아도 되오. 호텔이든 어디든 방을 정해서 포항제철을 추진하는 일만 담당하시오.”

정문도: [뜻밖의 지시에 잠시 머뭇거리다가 이내 고개 숙여 인사한다.]
예, 부총리님. 잘 알겠습니다.

김학렬: 이제 상황은 명확해졌소. 우리에게 제철소를 지을 자금과 기술을 제공할 수 있는 나라는 일본뿐이오. 어떻게 하면 일본의 도움을 받을 수 있겠소?

양윤세(梁潤世) 국장: 저번 각료회담 때 일본측 실무자들에게 자금 얘기를 했습니다. 그때 일본측에서 제철소 건설에 청구권 자금을 쓰는 방안도 생각할 수 있다고 했습니다. 저도 청구권 자금을 해마다 몇 천만 불씩 받아서 여기저기 쓰는 것보다는 제철과 같은 기초 산업에 집중적으로 투자하는 것이 좋겠다는 생각입니다.

김학렬: 그것 좋은 생각인데. 일본측에서 먼저 꺼냈다면, 얘기가 수월할 테고.

**황병태:** [조심스럽게,]

그런데 각하께서 청구권 자금의 전용을 허락하실지 모르겠습니다. 청구권 자금은 농촌 개발에 써야 한다는 소신이 워낙 굳으셔서…

**정문도:** 황 국장 얘기대로, 농촌 개발에 책정된 청구권 자금을 제철로 전용하는 것은 생각보다 어려울 것 같습니다. 농어촌 출신 국회의원들이 극력 반대할 터인데…

**김학렬:** 알았소. 각하께 말씀 올리겠소. 양 국장이 자료 좀 만드시오.

**양윤세:** 예, 부총리님.

**김학렬:** [정문도에게,]

국회 일은 또 구태회 의원에게 신세를 져야지.

[싱긋 웃는다.]

학병 동기라는 인연을 참 많이도 써 먹는다.

**황병태:** 학병 동기는 특별한 인연 아닙니까?

**김학렬:** 특별하지.

[고개를 끄덕인다.]

일본 군대에 조선인들이 끼었으니, 오죽했겠어? 그걸 함께 견뎌냈지, 구 의원하고 김수환 대주교하고.

[가벼운 한숨을 쉬고,]

그러면 됐고. 양 국장, 오늘 저녁에 통산성 조사단과 만난다고 했지?

양윤세: 예. 오늘 저녁에 아카자와 쇼이치(赤澤璋一) 중공업국장하고 만날 예정입니다.

김학렬: 나도 참석하겠소.

정문도: [황급히,]

저쪽은 국장인데, 부총리님께서 참석하시면, 격식이…

김학렬: [태연히,]

격식이 밥 먹여주나?

[진지하게,]

봐요. 일본이란 나라는 원래 실무자들이 실권을 쥔 나라요. 만주사변 일으키고 중일 전쟁 일으킨 게 누구요? 관동군 참모들 아니오? 이타가키 세이시로(板垣征四郎), 이시와라 간지(石原莞爾), 도이하라 겐지(土肥原賢二), 다 장군들이 아니라 중좌, 대좌들이었소. 그들이 육군본부의 중좌, 대좌들과 연결되어 일을 저지른 것이오. 관료들도 마찬가지 아니오? 국장급에서 다 결정하잖소?

정문도: 예, 그렇습니다.

김학렬: 내가 정성을 들이면, 자기들도 생각이 있겠지. 가나야마(金山) 대사도 참석하시오?

양윤세: 예. 가나야마 대사도 참석하십니다.

김학렬: 잘 됐네.

[시계를 본다.]

시간이 거의 다 됐으니, 우리 얘기는 이걸로 마무리하고, 떠날 차비 합시다.

# 14장

서울 시내의 요정.
〈축배의 노래(Brindisi)〉 가락이 흐른다.

한국 경제기획원 관리들과 일본 통산성 관리들이 함께 저녁을 든다.

가나야마 마사히데(金山正英) 주한 일본대사: 부총리님께서 몸소 나오셔서, 저희로선 뜻밖의
　　영광입니다. 감사합니다.
　　[앉은 채 허리 굽혀 인사한다.]

김학렬: [고개 숙여 답례하고, 싱긋 웃는다.]
　　내가 살아오면서 배운 교훈이 하나 있는데, '격식 찾다간, 정말로 중요한 자리에
　　끼지 못 한다'는 것입니다.

웃음판이 된다.

아카자와(赤澤) 국장: [허리 굽혀 인사한다.]

부총리님, 감사합니다. 영광입니다.

김학렬: 정말로 반갑습니다. 그래, 조사는 잘 되어가나요?

아카자와: 예. 우리 단원들이 열심히 조사하고 자료를 수집하고 있습니다.

김학렬: 조사단이 정확하게 조사해서 공정하게 평가하리라 믿습니다. 나로선 하나만 얘기하고 싶습니다.
[잠시 뜸을 들이고서,]
조사보고서엔 숫자로 나타낼 수 있는 사실들이 주로 들어갑니다. 숫자로 잘 파악되지 않는 추상적인 것들은, 예컨대 정치 지도자의 지도력이라든가 사회의 분위기 같은 것들은, 조사보고서에 들어가기 어렵습니다.

아카자와: 아, 예. 무슨 말씀인지 알겠습니다. 그렇게 무형적 요소들도 반영하려고 애쓰겠습니다. 특히 박정희 대통령 각하의 뛰어난 지도력은 제철 사업의 타당성 검토에서 꼭 고려되어야 사항이라 생각합니다.

김학렬: 감사합니다. 지도자가 훌륭하면, 사회 분위기도 활기차게 됩니다. 지금 대한민국 사회에선 어떤 어려움도 극복할 수 있다는 생각을 지닌 사람들이 늘어나고 있습니다.

가나야마: 제 생각도 부총리님 생각과 같습니다. 저는 요즈음 한국 사회에서 힘차게 흙덩이를 밀어 올리고 돋아나는 새싹들을 많이 봅니다. 참으로 흐뭇합니다.

김학렬: [싱긋 웃으면서,]

대사님, 요즈음 우리 경제기획원 사람들이 대사님을 '김(金) 대사'라 부른다는 것 혹시 아세요?

가나야마: [의아한 낯빛으로 김학렬을 바라보다가, 말뜻을 알아듣고, 깊이 고개 숙여 인사한다.]
감사합니다. 정말로 큰 영광입니다.

김학렬: [아카자와에게,]
가나야마 대사의 한자 이름 첫 자가 한국에서 가장 흔한 김씨 성과 같잖아요? 가나야마 대사께서 한국의 처지를 잘 이해하시고 한국의 희망을 본국에 잘 대변하신다는 것을 고마워하는 우리 경제기획원 사람들이 그렇게 감사의 뜻을 표시한 것입니다.

아카자와: 아하, 그렇군요. 가나야마 대사께서… 저는 성이 달라서, 희망이 없네요.

웃음판이 된다.

김학렬: 제철 사업과 관련해서, 우리가 좀 재촉하는 편이죠?

아카자와: 좀 그런 면도 없진 않습니다.

김학렬: 박 대통령께서 서둘러야 한다고 생각하십니다. 사토 총리대신처럼 능력과 인품을 겸비하고 한국을 잘 이해하는 지도자께서 현직에 계실 때 일을 마무리해야 한다고 생각하십니다. 다음 총리대신도 사토 총리대신처럼 한국을 잘 이해하리라고 여기는 것은 위험하다는 생각이십니다.

아카자와: 잘 알겠습니다.

김학렬: 한국의 박정희, 일본의 사토 에이사쿠(佐藤榮作)-걸출한 지도자가 한국과 일본에서 동시에 나타났다는 것은 두 나라로선 큰 행운입니다. 그런 행운이 없었다면, 한국과 일본이 과거를 과감하게 정리하고 미래지향적 협력 관계를 맺기 어려웠을 것입니다.

가나야마: 옳은 말씀입니다.

김학렬: 걸출한 지도자들이 두 나라를 이끌 때, 우리 실무자들이 협력의 기초를 놓고 마무리할 일들은 마무리하는 것이 옳지 않겠습니까?

가나야마: 옳은 말씀입니다. 저도 전부터 그런 생각을 품었습니다.

김학렬: 비즈니스 얘기 하느라, 손님 접대가 소홀했습니다. 귀한 손님들이 오셨으니, 내가 노래를 하나 부르겠습니다.

박수가 터진다.

김학렬: 내가 태평양 전쟁에 학병으로 나갔을 때, 진중에서 노래를 부를 때면, 이 노래를 즐겨 불렀어요. 모두 잘 알고 좀 슬퍼서, 으레 합창이 되었어요.

김학렬이 〈황성의 달〉을 부른다.

　　　하루코오 로오노 하나노엔

메구루 사카즈키 카게 사시테
치요노 마쓰가에 와케이데시
무카시노 히카리 이마 이즈코

화면에 한국어 자막이 뜬다.

봄날 높은 누각의 꽃의 잔치
돌고 도는 술잔에 그림자 어려
천년의 솔가지를 헤치고 비추던
옛날의 빛 지금은 어디

김학렬이 2절을 부르자, 일본 사람들이 함께 부른다.

아키 진에이노 시모노 이로
나키유쿠 가리노 카스 미세테
우우루 쓰루기니 테리소이시
무카시노 히카리 이마 이즈코

화면에 한국어 자막이 뜬다.

가을 진영의 서리의 빛깔
울며 가는 기러기 몇이 보이네
땅에 심은 듯한 칼에 비치던
옛날의 빛은 지금은 어디

박수가 터진다.

김학렬: 쓰치이 반스이(土井晩翠)의 시인데, 기막히게 좋아. 비감하고 비장하지.

가나야마: 그렇습니다. 원래 중학교 음악 교과서에 실린 노래인데, 모두에게 사랑 받는
명곡이 되었습니다. 부총리님, 그러면 제가 답례로 한 곡 부르겠습니다.

김학렬: 좋지요.

가나야마가 〈전우야 잘 있거라〉을 부른다.

　　　전우의 시체를 넘고 넘어 앞으로 앞으로
　　　낙동강아 잘 있거라 우리는 전진한다
　　　원한이야 피에 맺힌 적군을 무찌르고서
　　　꽃잎처럼 떨어져간 전우야 잘 자라

가나야마가 2절을 부르자, 한국 사람들이 함께 부른다.

　　　우거진 수풀을 헤치면서 앞으로 앞으로
　　　추풍령아 잘 있거라 우리는 돌진한다
　　　달빛 어린 고개에서 마지막 나누어 먹던
　　　화랑 담배 연기 속에 사라진 전우야

아카자와: [가나야마에게 조용히 묻는다.]
　　　무슨 노래인가요?

가나야마: 제목이 〈전우야 잘 있거라〉인데, 한국전쟁 때 공산군과 싸운 한국군 병사의 노래죠. 쓰러진 전우의 시체를 넘고 넘어 전진하면서, 부르는 비장한 노래입니다. 침략한 적군을 물리치겠다는 결의를 다지지만 전쟁의 비극이 배어있는 노래라서, 이 노래를 들을 때마다 가슴이 시려집니다.

아카가와: 아, 그런가요?

[좌중을 향하여,]

가나야마 대사님은 한국에 대해 잘 아시지만, 저는 한국에 대해 아는 것이 적습니다. 그래도 이번 출장에서 많은 것들을 배웠습니다. 개인들은 이웃이 정 마음에 들지 않으면, 이사를 갈 수 있죠. 나라들은 그렇게 못 합니다. 지리는 바꿀 수 없는 조건이죠. 그래서 노력해서 좋은 이웃이 되어야 합니다. 저는 한국과 일본이 좋은 이웃이 되기 위해서 일본이 무엇을 해야 하는지, 이번에 많이 생각하게 되었습니다.

[고개 숙여 인사한다.]

박수가 터진다.

김학렬: 참 좋은 말씀입니다.

[잔을 집어 들면서,]

두 나라의 영원한 우의를 위하여 건배합시다.

모두 잔을 들고 외친다, "건배."

김학렬이 반쯤 비운 잔을 들고 일어나 〈축배의 노래(Brindisi)〉를 부른다.

Libia mo libia mo,

ne' lieti calici

che la bellezza in fiora,

모두 일어나 따라 부르면서 춤을 춘다.

e la fuggevol,

fuggevol

o ra s'innebri

a vo lut ta!

···.

# 15장

1969년 말

청와대 접견실.

흑인 민요 〈귀향(Going Home)〉 가락이 흐른다.


박정희 대통령이 가나야마 마사히데 주한 일본대사를 접견하고 있다.


**박정희:** 우리 경제기획원 사람들이 대사를 '김 대사'라 부른다는 얘기를 들었어요. 정말
로 고맙습니다.


**가나야마:** [깊이 허리 굽혀 인사한다.]

감사합니다, 대통령 각하. 경제기획원의 훌륭한 분들과 일하는 것은 언제나 즐겁
습니다. 정말로 훌륭한 분들입니다. 제가 많은 것들을 배웁니다.


**박정희:** 모두 안 된다고 말리는 종합제철 사업을 내가 흔들리지 않고 추진할 수 있는 것
은 뛰어난 사람들이 나를 도와주기 때문입니다. 여기,

[감학렬을 가리키면서]

김학렬 부총리는 나의 제갈양(諸葛亮)이고, 저기,

[박태준(朴泰俊) 포항종합제철 사장을 가리키면서,]

박태준 사장은 나의 관우(關羽)요.

**가나야마**: 각하의 지인지감에 저는 그저 감탄할 따름입니다. 이처럼 훌륭한 분들의 보좌를 받으시니, 포항종합제철 사업은 성공할 것입니다.

**박정희**: [싱긋 웃으면서,]

유비가 큰 도움을 받은 사람이 또 하나 있소. 제갈양의 형 제갈근(諸葛瑾)이오. 김 대사도 아시겠지만, 제갈근은 촉한이 아니라 오를 섬겼소. 그리고 촉한과 오 사이의 관계를 돈독하게 유지하기 위해 애썼소. 나에게도 제갈근이 있소,

[가나야마를 가리키면서,]

바로 김 대사요.

**가나야마**: [놀란 낯빛으로 허리 굽혀 인사한다.]

저를 그리 높게 평가해주시니, 그저 감사할 따름입니다.

**박정희**: 아시다시피, 그 동안 한국의 경제 발전에 재일 한국 동포들이 큰 도움을 주었습니다. 신격호(辛格浩) 사장을 위시해서 여러 기업가들이 모국에 대한 그리움과 사랑으로 도움을 주었습니다. 그 분들로선 투자라기보다 모험일 텐데도, 흔쾌히 모국에 투자를 했습니다.

**가나야마**: [고개를 열심히 끄덕이면서,]

그렇습니다.

박정희: 그러나 종합제철 사업은 일본 경제계의 적극적 지원을 받아야 되는 큰 사업입니다. 대사께서 도와주셔야 합니다.

[편지 봉투를 건네면서,]

이것은 사토 총리대신께 보내는 내 친서입니다. 포항제철 건설에 관해 사토 총리대신의 긍정적 답변을 듣지 못하면, 대사께선 서울로 돌아오실 필요가 없습니다.

가나야마: [허리를 깊이 숙여 인사하고서 탁한 목소리로 말한다,]

각하, 잘 알겠습니다. 제 힘이 자라는 데까지 노력해서 다시 서울로 돌아올 수 있도록 하겠습니다.

[페이드 아웃]

불이 켜지고, 해설자 등장.

해설자: 도쿄로 간 가나야마 대사는 외무성을 거치지 않고 바로 사토 총리대신에게 박정희 대통령의 친서를 올렸습니다.

사토 총리대신은 "제철은 안 된다고 말했는데, 또 얘기를 한다"고 부정적 태도를 보였습니다.

가나야마 대사는 박 대통령의 확고한 의지를 설명하고서 자기가 나서보겠다고 했습니다. 사토 총리대신의 허락을 얻자, 가나야마 대사는 야하타 제철소 회장을 만났습니다.

가나야마 대사의 얘기를 듣자, 회장은 "나사 하나도 못 만드는 나라가 무슨 제철소냐"고 냉소를 했습니다.

가나야마 대사는 "1897년엔 일본이 바로 그런 소리를 들었다"고 지적했습니다. "그리고 냉소하지만 말고 도울 길을 찾아야 한다"고 설득했습니다.

마침내 박 대통령의 의지와 가나야마 대사의 헌신적 노력은 결실을 맺었습니다. 그래서 1970년 4월 1일 포항 제철소의 착공식이 거행되었습니다. 박정희 대통령과 김학렬 부총리, 박태준 사장이 포항에서 종합제철소 건설을 선언했습니다. 그리고 포항제철 사원들이 박태준 사장을 중심으로 굳게 뭉쳐서 포항 바닷가 허허벌판에 제철소를 세운 일은 대한민국 경제 발전을 상징하는 전설이 되었습니다. 3년 뒤 1973년 7월 포항에선 조강 연산 103만 톤의 포항제철소 1기의 준공식이 거행되었습니다. 포항제철소가 설 수 있도록 지원한 사토 전 총리대신이 국빈으로 참석했습니다.

　1997년 가나야마 대사가 운명할 때, 그는 유골의 일부를 한국 땅에 묻어달라는 유언을 남겼습니다. "저 세상에서도 일본과 한국 사이의 관계를 위해 일하고 싶다"는 그의 뜻에 따라, 그의 유골 한 줌은 한반도 파주의 천주교 묘지에 묻혔습니다.

　그의 삶은 한 시인의 시에 요약되었습니다.

화면에 시가 뜨고 '귀향(Going Home)'의 가락이 조용히 흐른다.

해설자가 낭송한다.

　대사 가나야마 마사히데 (金山正英)

　끝이 처음을 보여준다.
　자신의 유골 한 줌을
　그는 여기 파주 땅에 묻었다.

　반 세기 전 얘기다.

박정희 대통령이 제철소를 세우려 했을 때
미국도 유럽도 고개를 저었다.
가진 것은 가난뿐인 나라가
분수를 모른다 했다.

그는 결국 일본에 손을 내밀었다.
그리고 주한 일본대사에게 말했다,
"대사께서 도와주셔야 합니다.
포항제철 건설에 관해
일본 총리대신의 긍정적 답변을 듣지 못하면,
서울로 돌아오실 필요가 없습니다."

"자기 나라의 이익을 위해
거짓말을 하라고
외국에 파견된 정직한 사람"이라는 대사
그런 사람이
주재국 원수로부터 그런 부탁을 받으려면,
무엇이 있어야 하나?

고향만큼 묻히고 싶은 곳이 따로 있다면,
일생을 허투루 산 사람은 아니리라.
처음이 끝을 가리킨다.

낭송이 끝나면서, 'Going Home'의 가락이 문득 높아진다.
가나야마 대사의 파주 묘소 사진이 화면을 채운다.

# 16장

1970년 초엽

청와대 대통령 접견실.

〈나의 길(My Way)〉 가락이 흐른다.


민주공화당의 간부들, 주요 장관들, 그리고 대통령의 주요비서관들이 모여 있다.

박정희 대통령이 결연한 표정으로 말한다.


박정희: 여러분, 우리가 혁명을 한 뒤로, 우리나라는 많이 발전했습니다. 60년대엔 빈곤
　　　에서 벗어나는 것이 목표였습니다. 70년대엔 중화학공업을 일으켜서 중진국 대
　　　열로 부상하는 것이 목표입니다.
　　　[잠시 뜸을 들이고서,]
　　　그런 목표는 물론 달성하기가 쉽지 않습니다. 북한의 도발은 이전과는 상당히 다
　　　릅니다. 이런 상황에선 '싸우면서 일하고 일하면서 싸우자'는 전략을 충실히 따
　　　라야 합니다. 여러분, 간곡히 당부합니다. 합심해서 열심히 해주십시오.


사람들이 박수로 화답한다.

박정희 대통령이 모인 사람들과 일일이 악수한다.

김학렬 부총리 겸 경제기획원 장관이 박정희 대통령에게 다가가서 조용히 보고한다.
박정희 대통령이 고개를 끄덕인다.
김학렬이 나가더니 정주영 현대건설 사장과 함께 들어온다.

**정주영**: 각하, 안녕하셨습니까?

**박정희**: [반갑게 맞으면서, 손을 내민다.]

　　　　수고 많습니다, 정 사장님. 공사는 잘 진행된다고 보고받았습니다.

**정주영**: 예, 각하. 각하께서 격려하고 지도해주신 덕분에 잘 진행되고 있습니다. 당초 목
　　　　표보다 6개월 정도 빨리 완공될 것 같습니다.

**박정희**: 그것 참 좋은 소식입니다.

　　　　[다시 손을 내밀어 정주영의 손을 잡는다.]

**정주영**: 당재 터널 공사에서 어려운 부분이 끝났습니다. 이제 고속도로 공사는 실질적으
　　　　로 끝난 셈입니다.

사람들이 손뼉을 친다.

**박정희**: 수고했습니다. 당재 터널 공사가 특히 힘들었다지요?

**정주영**: 예, 각하. 좀 힘들었습니다. 뚫으면, 무너지고, 뚫으면, 무너지고…

박정희: 무너지면, 사람들이 많이 다쳤을 턴데.

정주영: [숙연한 얼굴로,]

예. 당재 터널에서만 열 한 명이 죽었습니다.

박정희: 열 한 명…

[고개를 숙이고 잠시 묵념한다.]

사람들이 모두 묵념한다.

모차르트의 〈진혼곡〉 가락이 흐른다.

박정희: [고개 들어 좌중을 둘러본다.]

모두 수고했습니다. 정 사장님을 비롯한 많은 건설 요원들의 노고야 새삼 얘기할 것도 없고, 법안 통과시키느라 애쓴 공화당 여러분들께서도 정말로 수고가 많으셨습니다.

[회상하는 얼굴로,]

처음엔 모두 반대했죠. 야당은 말할 것도 없고. 신문마다 사설이다 논설이다 한결 같이 반대했어요. 경제성이 없다, 재원이 없다…

[주먹을 쥐면서,]

그래도 우린 꿋꿋이 밀고 나갔어요. 나라를 세우는 길은 바로 길에서 시작한다고.

[문득 부드러워진 목소리로,]

물론 무리도 있었습니다. 큰일 하면서, 무리가 따르지 않는 경우가 있겠습니까? 고속도로 공사 때문에 다른 사업들은 다 말라 죽는다는 얘기가 나오고. 조심한다고 했지만, 험난한 공사라 목숨을 잃은 분들도 많고…

[정주영을 향해,]

목숨을 잃은 분들이 모두 몇인가요?

정주영: 모두 일흔 일곱입니다.

박정희: [한숨을 내쉬고서,]

일흔 일곱. 큰일을 하면, 큰 무리가 따를 수밖에…

[결연한 낯빛으로]

그래도 우리는 해냈습니다. 이제 현실이 된 고속도로가 우리의 믿음과 결단이 옳았음을 증명할 것입니다. 역사는 증언할 것입니다, 우리가 어떻게 길을 냈는가.

손뼉 치는 소리가 크다.

[무용수들 등장]

박정희 대통령이 한걸음 앞으로 나서면서 〈나의 길(My Way)〉를 부른다.

그리고 절제된 몸짓으로 춤을 춘다.

뒤에서 모두 춤을 춘다.

And now, the end is here

And so I face the final curtain

My friend, I'll say it clear

I'll state my case, of which I'm certain

I've lived a life that's full

I traveled each and ev'ry highway

And more, much more than this,

I did it may way

Regrets, I've had a few

But then again, too few to mention

I did what I had to do

And saw it through without exemption

I planned each charted course,

Each careful step along the byway

And more, much more than this,

I did it my way


박정희의 몸짓이 춤추는 사람들의 몸짓처럼 커진다.
모두 박정희를 따라 부른다.


Yes, there were times, I'm sure you knew

When I bit off more than I could chew

But through it all, when there was doubt

I ate it up and spit it out

I faced it all and I stood tall

And did it my way


[페이드 아웃 시작]


I've loved, I've laughed and cried

I've had my fill, my share of losing

And now, as tears subside,

I find it all so amusing

To think I did all that

And may I say, not in a shy way,

"Oh, no, oh, no, not me,

I did it my way"

For what is a man, what has he got?

If not himself, then he has naught

To say the things he truly feels

And not the words of one who kneels

[완전한 어둠]

The record shows I took the blows

And did it my way!

Yes, it was my way

# 종 장

어둠 속에 〈그리운 금강산〉 가락이 흐르고 자막이 나온다.


　　　　"어떤 사람들은 위대하게 태어나고

　　　　어떤 사람들은 위대함을 이루고

　　　　어떤 사람들은

　　　　위대함을 떠안는다"


　　　　나라가 갈 길을 개척함으로써

　　　　가난한 집안의 아들

　　　　박정희는

　　　　스스로 위대함을 이루었다

후기

한국엔 현대사에서 큰 업적을 남기거나 역사의 전개에 결정적 영향을 미친 사람들을 그린 예술 작품들이 드물다. 그렇다고 전기들이 많이 나오는 것도 아니다. 깊은 이념적 분열이 낳은 너그럽지 못한 사회 풍토가 가장 큰 요인일 것이다. 사소한 결점이나 과오를 터무니없이 부풀려서 나라를 위해 애쓴 평생을 덮어버리는 경향이 심하다. 예술계의 이념적 편향이 유난히 심해서 관점이 한쪽으로 쏠렸다는 사정도 거든다.

어쨌든, 예술가들이 현대사의 중요한 인물들을 다루기를 꺼려서 그들의 처지와 역할에 대한 예술적 이해가 결여되면, 그 사회는 자신을 성찰할 중요한 수단 하나를 잃는다. 예술적 성찰은 다른 것으로 대신하기 어려우므로, 자신의 정체성에 대한 사회의 인식은 그만큼 얄팍해진다. 지금 우리 사회의 모든 분야들에서 나오는 천박함의 뿌리 하나가 거기 있다고 나는 여긴다.

박정희 대통령은 대한민국의 역사에서 두드러진 인물이다. 그의 역할이 그리도 중요하고 업적이 그리도 크므로, 그의 삶을 살핀 예술 작품이 거의 없다는 사실은 그만큼 안타깝다.

《박정희의 길》이라는 제목이 가리키듯, 이 작품은 박정희 대통령이 국민들에게 제시한 길에 초점을 맞추었다. 그가 제시한 길은 해외로 뻗었다. 그 길이 옳은 길이었으므로,

우리나라는 경제를 발전시켰고 궁극적으로 자유롭고 풍요로운 사회가 되었다.

해외로 뻗었으므로, 그 길이 처음 만난 나라는 일본이었다. 지리가 나라의 숙명이므로, 그것은 자연스러웠다. 일본이 19세기 후반부터 서양 문명이 동아시아에 들어오는 도관(導管) 역할을 했다는 역사적 조건은 문화적으로도 한국은 일본을 거쳐야 해외로 쉽게 나갈 수 있도록 만들었다. 이런 인식에 바탕을 두고 박 대통령은 두 나라의 외교 정상화를 추구했다.

그런 결정이 얼마나 힘들었는지, 그리고 그것의 실행이 얼마나 위험했는지, 한일수교를 반대한 '6·3세대'에 속한 나는 현장에서 체험했다. 그래서 나는 박 대통령의 큰 업적들 가운데 한일 수교를 으뜸으로 꼽는다. 시간적으로도 그것이 맨 먼저 나왔다.

만일 박 대통령의 결단이 없었다면, 두 나라는 아직도 수교하지 못했을 터이다. 그것은 나라가 가야 할 길을 뚜렷이 인식하고 그 길로 국민들을 이끌 수 있었던 지도자만이 할 수 있는 일이었다. 당시엔 존재하지도 않았던 '위안부 소녀상' 문제가 근년에 두 나라 사이의 관계를 끊임없이 덧나게 하는 논점으로 추가된 것을 생각하면, 이 점이 아프도록 명백해진다. 그리고 '한국과 일본이 협력하지 못하는 상황이 우리에게 무슨 비참함을 강요했을까?' 하는 물음에 대한 답변은 지금 강대국이 되어 동아시아에 군림하려는 중국의 행태가 웅변으로 말해준다.

그러나 두 나라 사이의 수교는 일방적 행위가 아니므로, 일본과의 수교는 박 대통령의 의지만으로 이룰 수 있는 일이 아니었다. 두 나라에 다행스럽게도, 당시 일본엔 걸출한 지도자 사토 에이사쿠(佐藤榮作) 총리대신이 나라를 이끌었다. 그는 한일 수교의 중요성만이 아니라 일본에 대한 반감이 거센 나라를 이끄는 박 대통령의 처지도 충분히 이해했고 적절하게 대응했다.

두 위대한 지도자들의 협력은 포항종합제철의 건설로 뚜렷한 성과를 냈다. 다른 선진 국들이 한국의 종합제철 사업을 가난한 나라의 백일몽으로 여겼을 때, 일본 정부와 제철 기업은 박 대통령의 호소에 귀를 기울였고 아낌없이 지원했다. 그 과정에서 대한민국은 잊지 못할 친구를 얻었다. 가나야마 마사히데(金山正英) 주한 일본대사의 헌신적 봉사가 없었다면, 박 대통령의 굳은 의지만으로 포항종합제철이 세워졌으리라 장담할 수 없다. 그의 기억은 두 나라 사이의 관계에 역사의 물길이 남긴 짙은 앙금을 지금도 조용히 씻어내고 있다. 함께 일한 경제기획원 요원들이 '김 대사'라 부른 그의 영전에 이 작은 작품을 바친다.

신혜원 교수님과 양재영 교수님을 비롯한 여러 분들의 노고 덕분에 좋은 일어 대본이 나올 수 있었다. 신 교수님, 양 교수님과 함께 일하신 여러 분들께 깊은 감사의 말씀을 드린다. 두 나라의 경제 협력에 관해 좋은 자료를 제공해주신 김정수(金廷洙) 박사님께도 감사의 말씀을 드린다. 김진술 대표님의 우정과 직원들의 노고 덕분에 마음에 드는 책을 얻게 되었다.

2016년 9월
복거일

朴正熙 大統領生誕100周年記念
韓国および日本公演豫定作品

楽劇

# 朴正熙の道

韓国語・日本語　対訳版

劇本 (シナリオ)：卜鉅一

# 1幕

## 流浪劇団

# 1章

東豆川の大衆食堂。夕暮れに近い刻。

『別離の仁川港』の曲が流れる。


"月尾島女性楽劇団"の 団員が代表の玄而立を囲んで座っている。。

『ああ、我が祖国!』の 公演が終わったところだ。


玄而立: [一座を見まわして、]

　　　とにかく、最後の公演を無事に終わらせることができた。

　　　[申利順(劇団総務兼俳優)に杯を手に取るよう勧めながら、]

　　　申 総務、この間、本当にご苦労だったね。貧乏劇団の会計を引き受けてく
　　　れてありがとう。大変な苦労をさせてしまったよ。心穏やかでないことも
　　　あっただろう。

　　　[焼酎瓶を持って申 総務の杯に注ぐ。]


申利順: [杯を受けて、]

　　　私の苦労なんて…。 大変な思いをしてきたのは、いつだって代表ご自身じ

ゃありませんか。

玄而立: 申 総務がいなかったら、うちの劇団はずいぶん前に潰れていただろう。

金松姫(舞台監督兼俳優): そのとおりですよ。申 総務が上手にやり繰りしてくれたおかげで、私たち"月尾島女性楽劇団"は持ちこたえてこれたんです。

申利順: 私はそんな…
[感情がこみ上げて声をつまらせながら、]
代表にお仕えして働くことに、私は大きなやりがいを感じてきました。その間、代表から本当にたくさんのことを学びました。演劇だけではなく人生についても。それなのに、劇団が突然解散することになるなんて…。

洪志然(音楽監督兼俳優): 皆が落胆しています。私には代表が引退するという実感がどうしても湧きません。この劇団がいつまでもあって、代表がいつまでも私たちの面倒を見てくれるものと…。思えば、いつのまにか 12年も経ったんですね。私もおばさんになってしまった。

[ちょっと寂しげに笑う。]

金松姫: [席で立ち上がって、]
みなさん、注目!

[団員たちが話を止めて 金松姫を見上げる。]
金松姫: 今回の東豆川公演を最後に、我が"月尾島女性楽劇団"は解散します。

[急にこみ上げてきた感情をなんとか抑えながら、]

代表は右も左もわからない私たちに演劇というものを根本から教えてくれた師匠です。だから、この席を『ああ、我が祖国!』の打ち上げ会であると同時に、劇団の解散式、そして、師匠である代表の歓送会にしたいと思います。まずは、代表から一言。

玄而立: 何を話したらよいのか…。

[立ち上がって一礼して話し始める。]

団員のみなさんには、ただただ感謝とお詫びを申し上げるしかありません。

[これまでのことに思いを馳せる感じで、]

初めてこの劇団を作った時、私は1950年代に隆盛を誇った女性国劇の伝統を甦らせようとしました。すべての役を女優だけで演じることに観衆は懐疑的でした。けれど、私たちの劇団は "学芸会レベル" と陰口をたたかれながらも、それが可能だということを人々に示したのです。そういう活動のなかで、私たちはミュージカル（※楽劇)になど一生縁のなかった人々にミュージカルを見る機会を提供したのです。小さいけれど意義のあることだったと思います。

[杯を手にとって、]

私たちの作品を見にきてくれた多くのお客さんたちのために!

[皆が続く、] "ために!"

金松姫: [また立ち上がって、]

最後に、私たちみんなのお姉さん、李水縁舞踊監督に話してもらいましょう。

李水縁: [しばらく考える間をとって、]

芝居は幕が降りるとともに消えていきます。映像に残しても、芝居の魂は
そこには映らず消えてしまう。だからこそ、むなしくもあり美しいので
す。私は、そうして消えていったものに、私たちの作品に、乾杯したいと
思います。消えていったもののために!

[皆が続く、]"ために!"

李水縁: [半ば残った杯を持ったったまま、『流浪劇団』の歌を歌いながら軽くダンスをする。]


　　恨み多き流浪劇団　私たちは流浪する
　　うら寂しい仮設劇場　泣いて笑うピエロ

[皆一緒に歌う。]


　　見知らぬ土地の大通り
　　楽器鳴らして　行くよ
　　ひとつ処にとどまらす　行くよ　行くよ

李水縁: [せりふのように朗唱する。]


　　"雪降る北の地　花咲く南の地
　　里から里へ　港から港へ
　　流れていくは流浪劇団
　　穴の開いた天幕から故郷と同じ星を眺めれば
　　母の痩せた姿が思い出され　胸が締め付けられるよ"

[皆で二節を一緒に歌う。]

　　　　おしろいつけた顔の上に　深いシワを刻み

　　　　たわいのない夢を売りながら　私の青春が過ぎていく

　　　　馬車の上に冴え冴えした半月を載せて　行くよ

　　　　泣きながら泣きながら　行くよ　行くよ

# 2章

江原道春川郊外のコーヒーショップ。

『帰れソレントへ』(※ナポリ民謡)の曲が流れる。


玄而立がお客さんたちを迎える。


玄而立: [腰を折ってあいさつする。]

連絡をいただけば、私が迎えにあがりましたのに、わざわざお越しいただき申し訳ありません。


老　人: とんでもない！ 李水縁が私の友達の孫娘というだけの縁なのに、私の話を先生に聞いてもらえるか心配しながらやってきたのです。


玄而立: 申 総務から話は聞いています。ありがとうございます。


老　人: だいぶ昔の話になりますが、私は以前、ドイツで炭鉱夫として働いていました。でも、ドイツで働いていた私のような鉱夫や看護婦のことを題材にし

た小説や芝居がほとんどないことを、常々残念に思っておりました。そんな話を故郷の友人にしたところ、孫娘がこの劇団の舞台俳優をしているというじゃありませんか。それで、その劇団の代表である先生に一度話を聞いていただけないかと思い、お訪ねすることに…。

玄而立: ドイツで働いていた人々は家族のために献身しただけでなく、大韓民国の発展にも大きく貢献されたのです。本来なら、その方々の功績を称える作品がもっとあっていいはずです。といっても、私はもう引退する身なのですが…。

老　人: ええ、李水縁から聞きました。私は水縁以外に伝手（つて)もなく、どうすればよいかわからなくて、失礼も顧みず…。
[老人が空咳で声を落ち着かせて、話を続ける。]
あれは1964年12月10日のことでした。朴正熙 大統領が韓国人や外国人を伴ってハムボルン炭鉱へいらっしゃったのです。その日、大統領は涙があふれて演説を最後まで続けることができませんでした。そして、私たち一人ひとりと握手してパゴダタバコを一箱ずつくださった。そのタバコを吸うと、涙が出たものです。あのときは、その場にいたみんなの心が一つになった。大統領はこうおっしゃいました。"たとえ私たちが生きているうちに成すことができないとしても、子孫のために繁栄の基盤だけは作っておきましょう"と。
[老人がそこでしばらく回想にふける。]

玄而立: 私も書物などでその場面を読むたびに、胸が熱くなります。

老　人: 私たちの話をお芝居にすることは難しいでしょうか？ できることなら、朴正熙 大統領の人生と絡めて私たちの話をお芝居にできないものかと… それをお聞きしたかったのです。

玄而立: [夢から醒（さ）めたような様子で、ゆっくりうなずく。]

そんなやり方も可能かもしれませんね。

老　人: そうできるなら、先生…。

[かばんから封筒を取り出す。]

演劇にはたいそうお金がかかると聞きました。これは些少（さしょう)ですが、少しでも足しになればと思いまして…。

玄而立: いえいえ。

[笑いながら頭を横に振る。]

お気持ちはうれしいのですが、もし上演するとなれば、必要な資金は私が用意します。

老　人: たいした額ではありませんが、少しでもお役に立ちたいんです。先生、どうか受けとってください。

玄而立: [しばらく躊躇（ちゅうちょ)してから、]

わかりました。ありがとうございます。

[申利順に]

こちらの方から公演の資金を頂戴しました。申 総務が保管しておいてください。

老　人: [にっこり笑って、]

　　　ようやく少し安心しました。そういえば、李水縁から『ああ、我が祖国!』の
　　　舞台の映像を借りて見たのですが、ドイツで故郷の家族を思い出すたびに
　　　歌った『夢に見た私の故郷』も出てきましたよ。

玄而立: ああ、そうでしたね。

老　人: それを見ながら、感無量でした。事故で友を失った時も歌った歌なので…。

[老人が前のほうへ出ながら、『夢に見た私の故郷』 を歌う。]

　　　故郷が恋しい　けれど帰れない
　　　あの空　あの山の麓（ふもと）　遥かな千里

[二人も一緒に歌う。]

　　　いつもさびしく他郷で泣く身
　　　夢に出てきた私の故郷　恋しいけれど帰れない

# 3章

春川の昭陽江岸。

沈蓮玉の『漢江』の曲が流れる。


玄而立が妻と散歩をしている。


玄而立: [『漢江』を少し口ずさんでから、]

　　　あの老人の境遇では、500万ウォンはさぞや大きな出費だったろうなあ。
　　　そうまでするほど、自分の人生が人々に忘れられないよう願う気持ちが切
　　　実だということだ。そうまでして頼まれては、断れるはずがないよ。


玄而立の妻: [ちらっと夫のほうを見て、]

　　　私が言っているのは、そのお年寄りの気持ちが切実かどうかという話では
　　　ないわ。また演劇を始めたいというあなたの切実さを言っているの。その
　　　お年寄りからお金まで出してお芝居を作ってほしいと頼まれたことは一つ
　　　のきっかけにしかすぎないのよ。
　　　[独り言のように、]

あなたがいつも『回る水車の謂（いわ）れ』を歌っているから、"演劇と縁を切って何ヵ月くらい耐えられかしら"と思っていたけれど…。

玄而立: いっときソウルに戻るだけさ。私の心はずいぶん前からソウルにはないよ。
　　　　[柳の枝に目をやって、]
　　　　柳の枝が隆々として、呼び子笛作りにはぴったりの季節だなあ。

[玄而立が柳の枝を手折って、蔡東鮮の『故郷』を歌う。]

　　　　故郷に　故郷に　帰って来ても
　　　　懐かしの故郷は　もうそこにはない
　　　　山雉（きじ）は卵を抱（いだ）き
　　　　呼子鳥（よぶこどり）は気ままに鳴く
　　　　故郷をなくした私の心は
　　　　遠い港にたなびく雲のよう
　　　　山の端（は）に　一人ぼっちで登ったら
　　　　白い小花が私を憐れんで笑いかけたよ
　　　　幼い頃に吹いた草笛も
　　　　今の乾いた唇ではうまく鳴らない
　　　　故郷に　故郷に　帰って来ても
　　　　あるのは昔見た青い空だけ

玄而立の妻: あなたの心が揺れ動いているのは知っていたから、私、心の中では"半年くらいしか我慢できないんじゃないか"と思っていたのよ。でも、まさか

たった4ヵ月なんて…。

[頭を横に振る。]


玄而立: 我慢できなかったんじゃない。シナリオを構想する段階で、今度の作品が初めに思ったよりずっと重要だと感じたのさ。いつだったか"革命ごとにそれを伝える語り部がいる"という話を聞いたことがある。いい話じゃないか? "革命ごとにそれを伝える語り部がいる"つまり、"朴正煕大統領が成した革命を芸術を通して伝える語り部こそが私だ"という気がしたんだ。


玄而立の妻: 似たような話をこれまでたくさん聞いたわ、玄而立さん。あなたはシナリオを書きながら、いつだって"この作品は自分にしか書けない"と思ったんでしょう?


玄而立: 今度は違う。

[真剣な口調で、]

私が描く朴正煕の革命は、5.16が革命なのか政変なのかを議論する次元の彼方にあるんだよ。


玄而立の妻: [軽くうなずく.]


玄而立: 貧しく封建的な要素がたくさん残っていた社会を、豊かで現代的な社会へと根底から変えた革命を舞台で見せたいんだ。我が国が発展したお陰で、他の国々がそれを模範に経済を発展させた。希望がないと思われたアフリカの多くの国々が急速に発展できたのも、朴正煕大統領が示した道を歩んだからなんだよ。

[妻の顔を見やる。]

朴正熙の革命を正しく理解して芸術作品に作り上げられるのは、私しかいないと思ったんだ。たとえ大当たりがない三流劇団が上演するミュージカルだとしてもね。

玄而立の妻: [川面を見やりながら、]

川の水が溢れそうだわ。昨晩だいぶ雨が降ったせいね。

玄而立: 君は今、私が預金を一つ解約したいと言うんじゃないかと心配しているんだろう?

玄而立の妻: [あっけにとられた顔で笑いながら、夫を振り返る。]

どうして、そうやって人の心の中を見透かそうとするの?
フロイトじゃあるまいし。

# 4章

ソウル外れの練習場。

『フニクリ フニクラ』(※イタリア歌曲)の曲が流れる。

再び集まった"月尾島女性楽劇団"の団員たちが 玄而立の話に耳を傾けている。

玄而立: そのお年寄りがお金の入った封筒まで差し出して熱心に申し入れてくれた
　　　　ので、それ以上断り続けることはできなかった。
　　　　それで、もう一度やって見ようと…。そして、この日を迎えたわけです。

金松姫: 本当にありがたい方ですね。お陰で私たち"月尾島女性楽劇団"が復活したん
　　　　ですから。

李水緑: 本当に。
　　　　[手を打ちながら、申利順を振り返る。]
　　　　申さん、ご苦労さま。

[皆で拍手する。]

玄而立: シナリオも、もう出来上がっているんだ。

[原稿を取り上げる。]

題名は『朴正熙の道』。

[皆が拍手をする。]

金松姫: 『朴正熙の道』。代表、いい感じの題名ですね。

玄而立: だろう？ みんな、聞いて。この題名には三つの意味が込められている。一つは1961年に我が国が道に迷った時、朴正熙 大統領が道を示したという意味で、二つ目は皆が反対した高速道路や浦項製鉄所（※現在のposco)を建設して我々の社会を発展させる道を開いたという意味。三つ目は、朴正熙 大統領が他国に先駆けて行なった経済政策の道筋を他の国々が模倣して経済発展を成し遂げたという意味です。朴 大統領が経済発展の道を作ったのです。何の話だかわかりますか？

[皆が力強く返事をする。]

"はい。"

玄而立: この作品の核心は、そのお年寄りから頼まれたとおり、朴正熙 大統領が国内外の人たちを伴い、西ドイツに派遣されていた鉱夫や看護婦と会う場面です。シナリオを読んだだけで涙が出るような感動的な場面です。

金松姫: 代表、その場面で私たちが観客を泣かせればいいんですよね？

玄而立: そうだね。

[にっこり笑って]

私が若かった頃は"涙なしには見られない映画"と宣伝したものさ。"手ぬぐいを二本もって来てください"ってね。あの頃は観客を泣かせれば、商売になった。今は、笑わせないと客が入らないんだが…。

金松姫: 私たちは伝統を重んじる女性楽劇団じゃないですか？ 観客を泣かせるのはお手のものですよ。

[団員を見回しながら拳を持ち上げる。]

絶対に泣かせよう！

[皆が大声を出しながら拍手する。]

玄而立: この作品の主人公はもちろん朴正熙 大統領で、主要な登場人物として陸英修夫人と李秉 三星会長、鄭周永 現代会長、金鶴烈 副総理がいるんだが… どうだろう、ここで配役を決めてしまうというのは？

[団員を見回す。]

朴地夏: [パッと手を上げる。]

代表。朴正熙 大統領は私がやります。

[皆あっけにとられた顔で朴地夏を眺める。]

金松姫: [たしなめるような口調で、]

地夏、あなたに朴正熙役は無理よ。


[皆が深くうなずく。]


朴地夏: どうしてなの？


金松姫: だいたい、体型が合ってないじゃない？

朴大統領はがっちりと骨太で豪胆な感じの人でしょ？

写真で見ても、地から湧き出た岩のような感じの人なのよ。


朴地夏: 私だって結構いい体格だと思うけど？

[自分の体を見やる。]


[皆がくすくす笑う。]


金松姫: [我慢しきれない感じで、]

現実を見なさい。あなたのどこが岩みたいなのよ？ せいぜい米袋っていう
とこだわ。


[皆が爆笑する。]


朴地夏: [また自分の体を見やりながら、]

どこが？ お姉さんは偏見がひどすぎるわ。

[でんと胸をそらして歌う姿勢を取り、打令（タリョン）（※嘆き節)を始める。]

こう見えてもこの身は

政丞判書（ぴょんじょぱんそ）（※軍事を司る大臣)の子弟で

八道監査を厭って

たった一銭で売られて

却説（かくそり)（※角付芸人のこと)になったよ

よいやよいやとお上手だ

プムバ（※角付芸)やらせりゃお上手だ。


[人々が拍子をとる。]


金松姫: 太っている却説なんている？


朴地夏: 金姉さん、そんなこと言わないでよ。痩（や)せればいいんでしょ？


金松姫: よく言うわ。あなた、年から年中痩せると言ってるけど、1キロだって減
　　　ったことがあるの？


朴地夏: ないわ。でも、必要なら、絶対にやせてみせますから。


金松姫: 言うことだけは立派ね。


朴地夏: 金姉さん、この前、私たちが『Attacking in Another Direction』を上演した時、
　　　この朴地夏が立派に役をこなしたところを見たでしょう？


金松姫: 何を見たって？あなたの英語の発音がひどかったところ？

[皆が爆笑する。]

朴地夏: まさにそれですよ、お姉さん。

[いたって真剣に、]

最初に英語のミュージカルを作ろうと代表が言った時、私が一番に手を上げて"代表、私は英語と聞いただけで心臓がドキドキしてしまいます。だからこそ私を起用してください"と言ったんです。代表が"これは君が英語を学ぶ最後のチャンスだ"とおっしゃったから、私ももうあとがないと心に誓って、3ヵ月の間、熱心に英語を勉強したんです。その結果、在韓米軍第2歩兵師団の師団長以下将兵たちの前で私たちの劇団は立派に公演を成功させたでしょう？ あの時の登場人物で一番逞（まぶ)しかったのが"エイブル中隊戦砲副士官ビルホックウッド"でした。

[指で自分を示しながら、]

その役をこの私、朴地夏が演じたのであります。

[不動の姿勢で、叫ぶ。]

Stop the grumble. You are the United States Marines. Marines never grumble. Fox Company has repelled two Chinese regiments for three days and nights. They are in precarious situation. We sent our message: "Hang on! Help is on the way!" And we are the help.

[目を見開きながら一座を見回す。]

Able Company, saddle up!

[スクリーンに韓国語の字幕が流れる。]

弱気になるな。君たちはアメリカ海兵隊員だ。海兵隊員は決して泣き言を

言わないものだ。フォックス中隊は三昼夜かけて中共軍2個連隊と戦い続けている。彼らは苦しい状況に置かれている。私たちはメッセージを送った。"待っていろ! 支援部隊が向かっている"と。私たちがまさにその支援部隊だ。

エイブル中隊、出発準備!

[皆で復唱する。]

Saddle up!

朴地夏: [甘えるような感じで、]

代表。

玄而立: 何だい？

朴地夏: 私は代表の一番弟子ですよね？

玄而立: そうだな。どうしてまた…？

朴地夏: まだ高等生徒だった頃、代表に見い出されて、私は役者になりました。それから十年以上、代表の下で演劇を続けてきました。そしたら、花盛りの娘がオールドミスになっちゃったんです。

[皆思わず噴き出す。]

玄而立: それはすまなかったなぁ。私が見合いでも用意すればよかったんだが…

朴地夏: 代表、私が言いたいのは嫁に行けなかったという話じゃなくて、その間一回も主役になったことがないということなんです。今度こそ主役にしてください、代表!

[皆がまた噴き出す。]

玄而立: 地夏よ、すまないね。私も君に一度は主役を任せたかった。君が言うように、花盛りの娘がオールドミスになるまで一度も主役になれなかったという情けない気持ちは、私にも理解できるよ。

朴地夏: [表情が明るくなって、]
だったら、代表、私が朴正熙役をやってもいいでしょう?

玄而立: だが、この作品は意志が強く大胆に危険と対峙して自分の運命を切り開いた人の話なんだよ。そんな偉人の役を演じるには、地夏は人がよすぎる。友だちからどうしてもと頼まれて、やっと貯めたお金を貸して一文無しになったような人にその役がまともに務まるのかい?

[皆が爆笑する。]

玄而立: 地夏よ、私もそうだったように、君は立派な脇役俳優じゃないか?

朴地夏: はい。

玄而立: 立派な脇役俳優が演じなければならない重要な役はたくさんある。でもそ

れは朴正熙じゃないだろう？。わかってくれるよな？

朴地夏: [さっと姿勢を正して、敬礼する。]

　　Aye, aye, sir.

# 2幕

## 道を作る人々

# 序章

闇の中に『1812年序曲』(※チャイコフスキー作)が流れている。
字幕が出る。


1961年、大韓民国は道に迷っていた。


"4月革命"を成し遂げた純粋な情熱は砕け散り、
自分が得をすることしか考えない人たちの声が通りを覆 (おお)った。


人々は乱れた社会を嘆いていたが、
誰も新たな道を示すことはできなかった。

# 1章

1961年5月15日の深夜。ソウル新堂洞。

陸軍第2軍副指令官 朴正熙少将の自宅。

『ウィリアムテル序曲』(※ローシーニ作曲)が流れる。


広間では 朴正熙 将軍と張太和前ソウル新聞社社長、予備役の金鍾泌 陸軍中領(※中佐)、そして李洛善 陸軍少領(※少佐)が打ち合わせをしている。大事を控えて最後の確認をしているところだ。


奥の部屋では、朴正熙の夫人 陸英修が二番目の娘 槿暎と息子 志晩を寝かしつけている。長女 謹恵は机に座って宿題をしている。


陸英修 夫人: [宿題をする長女のほうを感心したような目で見ながら、]

    謹恵、疲れていない？


朴槿恵(※後の第18代大統領): [熱心に絵を描きながら、首を横に振る。]

    大丈夫よ、ママ。

[ソロダンサーが入ってくる。]

[陸英修が子どもたちの掛布団を軽くたたきながら、静かに李興烈の『子守歌』を歌う。]

　　　おやすみ　おやすみ　可愛い坊や
　　　花の中で　眠る　揚羽蝶のように
　　　静かに目を閉じ　夢の国へ　お行きなさい
　　　空の上のお星さまが　眠ってしまわないうちに

[歌い終わった陸英修は暗い顔色で、出そうになったため息をこらえる。子どもたちの寝顔をしばらく見たあと、宿題をする長女のほうに目をやって様子をうかがう。それから、静かに立ち上がって広間へと向かう。]

陸英修 夫人: [控え目な感じで夫に話しかける。]
　　　ちょっといいかしら？

朴正熙: [書類を金鍾泌に渡して、妻のほうをふり返る。]
　　　どうした？

陸英修 夫人: 謹恵が宿題をしているので、ちょっと見てやってくれません？

朴正熙: ああ、そうしよう。

[陸英修の後ろから、朴正熙が奥の部屋に入っていく。子どもたちの寝顔を見回し

たあと、謹恵に近寄って絵を描いているところをしばらく眺める。そして、妻の顔を見てから部屋の外に出ていく。]


[韓雄震 陸軍情報学校長と張坰淳 陸本教育所長が訪ねてくる。]


張坰淳: ただいま参りました。


朴正煕: [嬉しそうな顔で、]

　　　さあ、こっちへ。


張坰淳: [冴えない表情で、]

　　　状況がよくありません。計画が露見したようです。


韓雄震と張坰淳: [少し狼狽した感じで、同時に言う。]

　　　決行しましょう。


朴正煕: 決行しよう!

　　　[決然とした表情で『草露歌』を歌い始める。]


　　　　人の命は草露のようでも
　　　　李氏朝鮮は五百年栄え


[韓雄震、張坰淳、張太和、金鍾泌、李洛善が一緒に歌う。]


　　　　この身が死んでも国が残るのなら

ああ露のように死のう


朴正熙: さあ行こう!


[皆で外に出ていこうとする。]


朴正熙: [妻を振り返り、ふと思いついたように、]
　　　明日の朝五時にラジオを聞いてくれ。


陸英修 夫人: [心に湧き上がる感情をやっと抑えような声で、]
　　　わかったわ。いってらっしゃい。


[朴正熙が決然とした様子で部屋から出ていく。]


[陸英修が玄関まで見送って、『妻の歌』を歌う。]


　　　愛 (いと)しき人が歩んでいく道は栄光の道だから
　　　私は後ろを向いて涙を隠したのよ
　　　愛しくが歩んでいった道を私もあとからついていくわ
　　　風吹いて雨降る暗い夜道でも
　　　一人で歩くこの胸にうれしさがこみあげてくるの

# 2章

1961年5月16日の未明。漢江人道橋。
『軽騎兵序曲』（※スッペ作曲)序曲が流れる。

海兵第1旅団の先頭を行く第2中隊が人道橋南端に設置された憲兵中隊の阻止線を
突破して人道橋に突入する。大隊長の呉定根 中領 (※中佐)が旅団長 金潤根 准将の
ほうへ歩いてくる。

呉定根: 旅団長殿、中之島にも憲兵たちが阻止線を築きました。

金潤根: そうか。抵抗しているのか？

呉定根: はい。トラックでバリケードを築いて銃を撃ちまくっています。こちらに
　　　　は遮蔽物が一つもなく、前進が難しい状況です。この橋には爆破装置が仕
　　　　掛けられているかもしれません。念のため、部隊を鷺梁津方面から迂回さ
　　　　せてはどうでしょうか？

金潤根: 爆破装置はそれほど複雑なものではないはずだ。そう心配しなくても解除できるだろう。

呉定根: 了解しました。

金潤根: 私も行こう。

[二人で部隊前方へ進んでいく。]

金潤根: あそこが阻止線か？

呉定根: はい。

金潤根: トラックのヘッドライトの明りが目障りだな。まずあれを破壊しろ。

呉定根: はい、わかりました。
　　　　[橋に伏せた海兵たちに命令を下す。]
　　　目標はトラックのヘッドライトだ。全員、ヘッドライトに照準を合わせろ。私が"撃て"と命じたら、一斉に射撃せよ。わかったか？

海兵たち: 了解!

呉定根: 狙え、撃て!

[銃声がけたたましく響いたのち、ヘッドライトの明りが消える。]

呉定根: 海兵1大隊、突撃!

[海兵たちが"突撃"と復唱しながら走って行く。]
[金潤根と呉定根も部下たちを励ましながら前に進む。]

[朴正熙が歩いてくる。韓雄震 准将と 李錫濟 中領 (※中佐)が彼に駆け寄る。]
[金潤根が戻ってきて、朴正熙を迎える。]

朴正熙: 金 将軍、状況はどうだ?

金潤根: 中之島の第2阻止線は突破しましたが、橋北端にまた別の阻止線がありま
　　　 す。このほかにも、まだいくつか阻止線があるかもしれません。日が暮れ
　　　 る前に敵地を占領するのは難しいようです。

朴正熙: [断固たる口調で、]
　　　 このまま押しまくるんだ。

金潤根: はい、承知しました。
　　　 [笑顔を見せ、踵 (きびす)を返して先頭へと向かう。]

[朴正熙が欄干のそばに行って川面 (かわも)を見下ろす。]
[李錫濟も横に立って川面を見下ろす。]

朴正熙: なあ、川の水は無心に流れるものだな。

李錫濟: [北の方にちらっと目をやって、感懐深い口調で、]

　　閣下、偉業を達成するためなら、私は命を賭（と）す覚悟です。


朴正熙: [のびやかに笑いながら、]

　　命は一つしかないのに、そんなに簡単に捨てていいのか？

　　[ちらっと北の方を見やって、ゆっくり身を起こす。]

　　銃声が大きくなったな。李 中領(※中佐)、我々も助太刀に行くか。


李錫濟: はい、閣下。


[朴正熙が決然とした表情で『勇進歌』を歌う。]


　　軒昂（けんこう)たる未来を眺めれば

　　血潮高鳴る愛国の旗


[韓雄震と李錫濟が従って歌う。]


　　果てなく広い男心

　　生も死も捨て　名も残さず

　　聞くがいい　我らが猛（たけ)き脈動を

　　胸に響くは独立の鐘


朴正熙: 行こう。


[三人は弾が降りそそぐ橋を、胸を張って歩いて行く。身を伏せて憲兵たちと交戦

していた海兵たちの士気がにわかに高揚して突撃する。]

# 3章

1961年5月16日午前　ソウル市庁前。

行進曲『威風堂々』（※エルガー作曲)が流れる。

朴正煕 少将が 朴鐘圭 少領(※少佐)、車智澈 大尉、李洛善 少領(※少佐)を従えて立っている。

朴正煕: [紙に書かれた"革命公約"を朗読する。]

　　　軍事革命委員会は、

　　　一、反共を国是の第1とし、今まで形ばかりで掛け声倒れだった反共体制を再整備強化する。

　　　二、国連憲章を遵守して、国際協約を誠実に履行し、アメリカをはじめとする自由主義友好国との連帯をさらに強める。

　　　三、我が国の社会の腐敗と旧悪を一掃し、退廃した国民道徳と民族の士気を取り戻すために、清新な気風を呼び起こす。

　　　[朗読を終え、しばらく市民たちを眺め回す。]

皆さん、私と革命の同志たちには夢があります。私たち国民全員が豊かに
暮らせる国を作ること、まさにそれが私たちの夢なのです。
[拳をぐっと握りしめる。]
その夢のために、私たちは今回の“夜明け革命”を起こしたのです。

[群衆が拍手する。初めは控え目に、徐々に力強く。]


[ダンサーたちが入ってくる。]

[朴正煕が『新しい村の歌』を歌う。]

夜明けの鐘が鳴った　新しい朝の光がまぶしい
君も私も起きて　新しい村を作ろう
住みやすい自分たちの村を　私たちの力で作ろう

[皆も一緒に歌う。]

わらぶき屋根をなくし　村道も広げ
緑の野山を作って　みんなで手入れしよう
住みやすい自分たちの村を　自らの力で作ろう

[皆で手拍子を打つ。]

[朴正煕が振り返り、小さな女の子を手招きする。]

[小さな女の子がはにかみながら前に出る。朴正熙が両手で「さぁ」と促すと、その子が『花園(花東山)』を歌い出す。]

　　　　見てください、花園に春がやって来ましたよ
　　　　私もあなたもみんな、この村が大好きです

[皆一緒に歌う。]

　　　　今日からこの花園は　私が世話をいたします
　　　　水をやり　花を育てる名人ですもの

# 4章

1961年5月18日夕方。ソウルのある大学の経済学科研究室。
『ステンカラージン』(※ロシア民謡)の曲が流れる。

学　　長: 朴教授から見て、状況はいかがですかな？

朴教授: 今日、陸士の学生たちが革命を支持する行進をしました。象徴的な出来事
　　　　です。すでに革命軍が軍部を掌握したようです。

学　　長: 軍部を掌握したということは、権力を掌握したも同然だな。李教授はどう
　　　　思われますか？

李教授: 弟から聞いたのですが、今回の革命に加わった友人の中領(※中佐)による
　　　　と、今日、第1軍司令官の李翰林 将軍が逮捕され、ソウルに護送されたと
　　　　いうことです。もう、相手方には朴正熙 将軍に対抗できる人物も勢力も残
　　　　っていないでしょう。

学　　長: [ゆっくりうなずいて、冷えた麦茶を飲む。]

来るべきものが来たと言うことか？

林教授: 学長が予見されたとおり、軍部は決起しましたね。

[皆がうなずく。]

学　　長: 軍部による政変は多くの要因が重なって起こるものだ。軍隊が腐敗し、高官たちが部下から尊敬されていないばかりか、前回の選挙不正にかかわったという話すら取り沙汰されている。しかし、そうした要因だけで今回の政変の成功を説明することはできない。その程度の問題や不満は、後進国の軍隊なら、どこにだってあるんじゃないのかね？

李教授: 学長のおっしゃるとおりです。韓国は戦争を経験したばかりです。それによって我が国の軍隊は効率的な集団になりました。非効率な部隊や無能な指揮官は淘汰され、優秀な部隊と賢明な指揮官だけが生き残ったわけです。ですから、そんな人材が社会の他の分野に広がっていくことは自然の道理です。必ずしも政変という手段をとらなくても、軍人たちが社会に進出することは不可避だったと思います。

学　　長: 不均衡状態だと、均衡を求めて動くようになる、不均衡が巨大ならば、政変のように爆発的な事態が起こる、そういう話なのかね？

李教授: はい。民主党政権が無能で社会をあまりにも混乱させたために、軍部の出る幕を作ってしまったということです。力を蓄え改革を志す軍部の"灌木た

ち""ブッシュ"と不満が渦巻く巷（ちまた)の"草たち"がなびき合ったという
ことです。

学　　長: そうした事情が今回の軍部の政変に正当性を与えることになるのだろうか？

林教授: 合法的政権を武力で崩壊させたという事実が新政権の足を引っ張ることに
ならないでしょうか？

学　　長: もちろん、そういうことがないとは言えないが、多くの人たちがこのまま
ではだめだと思っていたのだろう？
皆、政権の無能さと繰り返されるデモに嫌気がさしていたのではないか
な？

朴教授: 結局、国民が軍部の政変を支持するかどうか、すべてがそこにかかってい
ると思います。

学　　長: [うなずいて、]
"我々はどうしたらよいのか"という問題が残るわけだが、李 教授はどう思
われますか？ 私たちのような知識人は軍事政権に協力したほうがいいか、
それとも…

李教授: 私たちは大学で学生相手に講義だけしていればいいわけではないと思いま
す。社会に背を向けたら、自由党時代の御用教授たちのようになってしま
うのではないでしょうか？

朴教授: 私は軍事政権に協力するのが妥当だと思います。もちろん、軍事政権が国民の支持を受けるという前提の下で言っているのですが。"革命公約"を読んでみて感じたのは、今回、この重大事件を起こした人々が何のために国家を運営するのか、その目的が明白だということです。

学　長: [うなずいて、朴 教授の話を頭の中で整理し、林 教授を見る。]
林 教授の考えは？

林 教授: 私も朴 教授の考えに賛成です。元々、経済学は実践的学問のはずです。自分の経済学の知識を政策に反映させて経済を発展させることが、すべてのエコノミストたちの夢ではないでしょうか？

学　長: 難しい問題だなあ。林 教授の言うような、エコノミストとして私たちが持てる知識を国のために使う機会が来たとして、それを使うことが本当に間違っていないのかと思ったりもする。李 教授の言うように、危険な道に進む可能性もあるわけだから…。
[立ち上がって前に出ながら『希望の歌』を歌う。]


風塵舞うこの世に生を受けて
お前の希望は何なのだ

[他の人々が一緒に歌う。]


富貴と栄華をきわめれば
希望は満たされるのか

青い空　清い月の下で
つくづく考えてみれば
世の中万事が春の夢のまた夢

# 5章

1961年6月27日。朴正熙 国家再建最高会議副議長の執務室。

『闘牛士の歌』(※オペラ『カルメンより)』)の曲が流れる。

朴正熙: 今、革命政府は不正蓄財者11人を拘束しました。李 社長、この人たちをど
うしたらいいと思いますか?

李秉喆: [当惑した顔で言葉を探す。]

副議長閣下、私自身が不正蓄財者第1号に認定されている身なので、何と
申し上げたらいいのか…。

朴正熙: [手を横に振る。]

いや、どんな意見でもいいので、遠慮なく言ってください。

李秉喆: 副議長閣下がそうおっしゃるなら、私の考えを率直に申し上げます。現
在、不正蓄財者に認定されている企業人たちには実のところ誰にも罪はな
いと思います。

朴正煕: [固い表情で李秉喆を見つめる。]

　　　そうですか？

李秉喆: 閣下、私の場合は脱税したとして不正蓄財者の烙印を押されました。しか
　　　し、現行の税制は、利益をはるかに超える税金を取り立てていた戦時非常
　　　事態下のままです。こんな税率に従って税金を納めたら、どんな企業も倒
　　　産を免れません。

朴正煕: [ゆっくりうなずく。]

　　　一理ある話ですな。

李秉喆: 利益額だけを見て11位までの人たちだけが不正蓄財者として拘束されまし
　　　た。しかし、12位以下の企業人もまったく同じ条件の下で企業を経営して
　　　いました。彼らも皆トップを目指そうとしたが、力量や努力不足や運のな
　　　さなどが重なって11位の中に入れなかったというだけです。企業家なら誰
　　　もが利益をあげて企業を拡大していこうと努力するでしょう。企業を円滑
　　　に経営して大きく育てた人々が皆不正蓄財者で、援助資金や銀行融資を無
　　　駄にした人々は何の罪にも問われないというのは、どう見ても不公平だと
　　　思います。

朴正煕: わかりました。
　　　[あごを撫でながら、]
　　　李 社長、では、社長はどうしたらいいと思いますか？

李秉喆: 企業家の本分は、事業を起こして多くの人々に働き口を提供しながら生計

を保障する一方で、税金を納めて国家運営の予算を担保することにあると思います。いわゆる不正蓄財者たちを処罰したら、経済が萎縮して税収が減るでしょう。むしろ、企業家たちが経済建設に参加できるようにすることが国家の利益につながるはずです。

朴正煕: [熱心にうなずく。]

よい考えですね。しかし、李 社長、

[ちょっと憂わしい顔で、]

それで、国民が納得しますかな？

李秉喆: [思い切ったように、]

副議長、副議長は政治のリーダーです。国益のためであるなら、国民を納得させるのは政治リーダーの役割ではないでしょうか？

朴正煕: [にやりと笑いながら、立ち上がり手を出して握手を求める。]

わかりました。身を粉にして貧しい国を豊かな国に作り変えて見せましょう。

李秉喆: [手を握りながら、控え目に言う。]

副議長、私は不正蓄財者に認定された企業人たちをよく知っています。お互いに競争しながら協力し合って来た仲間です。第1号の私だけが釈放されたら、後日どんな顔をして彼らに会い、どのような名分で国のために協力するよう頼めるでしょうか？

朴正煕: それも道理ですな。

[陪席した国家再建最高会議法司委員長の李錫済 中領（※中佐)を振り返って、]

企業家たちはがんばってきたのだし、彼らなりの考えもあったのだろうから、この辺で釈放してくれないだろうか？

李錫済: 閣下、それはいけません。
[首を横に振る。]
今決めるのは早計です。また改めて…。

朴正煕: なあ君、権力を握ったときから、私たちには国民に腹一杯食べさせる責任があるんだよ。これは我々だけでどうこうできる問題だろうか？ ドラム筒をたたいて品物を作ってきた人々でなければできないこともあるんじゃないか？ 今私たちが拘束している人たちが正にそんな人たちではないのかね？

李錫済: 承知いたしました、閣下。
[敬礼して外に出ていく。]

朴正煕: 李 社長、拘束された企業家たちを全員釈放しましょう。みなさんで力を合わせ、新たな気持ちで経済発展に貢献してください。

李秉喆: 副議長、まことにありがとうございます。私たち企業家は新しい覚悟をもって企業を経営し、経済発展のお役に立つよう努めます。我々を信じてください。

朴正煕: 実は経済問題で気が重かったのですが、李 社長の話を聞いて気分が明るくなった。力を合わせて経済を発展させましょう。

[ダンサーたちが入っていくる。]


[朴正熙が『ラッキーソウル』を歌う。]


　　ソウルの通りは青春通り
　　青春通りには建設がよく似合う


[李秉喆が一緒に歌う。]


　　荷馬車の音も楽し気に
　　市民の歌声も高らかに
　　君も私も　歌おう建設の歌
　　いっしょに歌おう　ソウルの歌
　　エス　イ　オ　ユ　エル
　　エス　イ　オ　ユ　エル
　　ラッキーソウル

# 6章

1962年2月3日。慶尚南道 蔚山郡 大峴面 古沙里の蔚山工業センター起工式場。

朴正熙 国家再建最高会議議長が参列者たちと談笑している。

行進曲『ボギー大佐』(※アルフォード作曲)が流れる。


朴正熙: 大使、わざわざご出席いただき、ありがとうございます。この地は、海底
　　　　が深くて港を作るにはもってこいです。川が流れているので、工業用水を
　　　　容易に引くことができますし、景色もよいときている。だから、日本が韓
　　　　国を統治していた当時も、ここは工業団地候補地として注目されていたの
　　　　です。

サミュエルバーガー(Samuel D. Berger)在韓米国大使: [あいまいな表情でうなずく。]
　　　　ええ、立地はよさそうですね。


朴正熙: [にっこり笑いながら、]
　　　　大使はまだ、私たちの計画が野心的すぎると心配されているようですな?


バーガー大使: [笑い返しながら、]

議長が主導する事ですから、大丈夫だと信じています。それでも、多少心配なことも事実です。

[真剣な表情で、]

貴国は資源が少なく、技術力も資本も十分ではありません。なので、このように大規模な事業を推し進めれば、手に負えなくなるかもしれないと懸念しているのです。

朴正熙: わかりました。どこまで可能かは、少し力に余ることをしてみるとわかるものです。私はここに、

[腕を持ち上げてまわりを指す。]

巨大で近代的な工場群を建設しようと計画していますが、それほど野心的なことだとは思っていません。

バーガー大使: [真剣な顔で、]

私は閣下の判断が間違っていないことを願っています。そして、この野原に巨大な工場群が出来上がることを…。

[起工式の司会者が近づいきて、用意ができたことを知らせる。朴正熙が立ち上がって壇上に登る。]

朴正熙: みなさん、四千年にわたる貧しさの歴史を洗い流して民族宿願の豊かさを実現するために、我々はここ蔚山に新工業都市を建設することにしました。これは子孫万代の繁栄を約束する民族としての決断であります。

[熱狂的拍手を受けて、しばらく演説を止める。]

朴正熙: [聴衆の声援に鼓舞されて、さらに大きく響きわたる声で、]

　　　みなさん、我々と一緒に汗を流しましょう。子孫のために生活の基盤を築くのです。

[熱狂的な拍手が湧き起こる。]

[ダンサーたちが入ってくる。]

[ダンサーたちが『鍛冶屋の合唱』(※歌劇『イル・トロヴァトーレ』より)を合唱しながら踊る。]

朴正熙: Vedi!

　　　Le fosche notturne spoglie

　　　De cieli sveste l'immensa volta;

　　　Sembra una vedova che alfin si toglie

　　　I bruni panni ondera involta.

　　　Allopra!

　　　Allopra!

　　　Dagli, martella.

　　　Chi del Gitano I giorni abbella?

　　　La Zingarella!

[皆で一斉に歌う]

　　　versami un tratto;

　　　lena e coraggio

Il corpo e l'anima traggon dal bere.

(Le donne mescono ad essi in rozze coppe)

Oh guarda, guarda!

del sole un raggio

Brilla piu vivido nel mio/ tuo bicchiere!

Allopra, allopra…

Dagli, martella…

Chi del Gitano I giorni abbella?

La zingarella!

# 7章

1964年3月下旬。青瓦台大統領執務室。
ベートーベンの交響曲5番『運命』の導入部が舞台に流れる。

[朴正熙 大統領が与党である民主共和党幹部たちと情勢について議論している。]

朴正熙: [決意に満ちた顔で、]

　　　　退くつもりはない。この道が私の道、私の運命なのだから。
　　　　[息を深く吸いこんで、]
　　　　そして、この道こそが大韓民国が進むべき道なのだ。

鄭求瑛 議員: 承知しております。

朴正熙: 一体、これはどういうことなのか？。こちらがいくら知恵をしぼって説明
　　　　しても、野党議員たちは頑（かたく）なに反対しているだけじゃないか。

鄭求瑛: 閣下、そんなに心配なさらないでください。政治家とは元来そういうもの

なのです。

朴正熙: 新聞もますます抵抗を強めている。どの記事も学生たちを扇動してデモに駆り立てているかのようだ。"第四の勢力"を自認するのなら、国の考えも少しは汲み取るべきだろうに…。

鄭求瑛: 閣下、日本に対する国民の反感があまりにも大きいので、韓日国交正常化を成すには大きな労力が必要になると思われます。

朴正熙: [うなずきながら、息をふーっと吐き出す]
我々が日本との国交を正常化しなければならない事情を国民は分からなければなりません。日本は私たちに一番近くの隣りです。隣と壁を築いて言わなくて過ごすのがどのくらい
大変か分かりますか？どのくらい愚かですか？

鄭求瑛: そうです。早く日本と壁を崩し、話して過ごさなければなりません。

朴正熙: [落ち着いた声で、]
この前に日本政府が在日韓国人を北朝鮮に送った事ばかりしてもそうです。もし私たちが
日本と修交したら、そんな事が起こったと思いますか？何の仕方を使っても阻んだんですよ。外交経路がないから、私たちはただ決起大会ばかりしたんです。在日韓国人が地獄に行くことも分からなくて、朝総連の謀に抜けて北送船に乗るのに、私たちは運動場に集まって決起大会だけしたことです。

[やや苦い笑いを顔に帯びながら、]

決起大会が何の所用がありますか？私たちの咽だけ痛いですよね。

鄭求瑛：そうでした。日本赤十字社と北傀赤十字社が人道主義によって在日韓国人
　　　　を北朝鮮に送還すると詐欺劇をしても、阻むあてがなかったです。

朴正熙：正式に修交をして、公式外交経路が樹立されると、できることが山盛りよ
　　　　うなのに… 日本が間違ったものなどを正式に指摘し、謝りを受けて補償受
　　　　けることは受けて、そうしなければならないでしょう？
　　　　[頭を横に振って、高くなった声で言う、]

　　　　日本が自分の過ちを自ら明らかにしますか？日本だけそんなことでもない
　　　　です。自分の過ちを自ら明らかにする国はないです。資料は全て日本が持
　　　　っているから、日本に資料を要求して受け出すと謝りもまともにもらい出
　　　　すことができます。他のことは止めにしても、南洋群島で、北海道で、サ
　　　　ハリンで死んだ我々の同胞たちの冤魂をなぐさめようとすれば、
　　　　そこに慰霊碑でも建てようとすれば、日本に資料をくれと要求しなければ
　　　　なりません。ただ日本を悪口して終わってできる事ですか？

鄭求瑛：[一息を吐き出しながら、]

　　　　そうです。

朴正熙：いまだに厳寒期には飢える人々がいるというのに、いつまでこんな貧しい
　　　　ままジタバタしなければならないのか？ 工場を作って輸出をするしかない
　　　　じゃないか。製品を作っても韓国の国民にはお金がないのだから、買うこ
　　　　とができないだろう。輸出できる製品が作れる工場を建てようとすれば、

巨額の資金が必要だが、そんなお金がどこにあるというのだ？

[断固たる口調で、]

現在、アメリカは我々に対して、食いつなぐ程度の援助はしてくれるが、工場を作る資金は出してくれない。日本に対してなら、私たちは堂々と要求できるじゃないか、資金を出してくれと。そのお金で工場を作ろうというのに、何を反対することがあるんだ？

[李厚洛 秘書室長が近づいてくる。]

李厚洛: [心苦しい顔で、]

今日、集会で尹普善 党首が"不正選挙で政権を取った朴正熙は軍政時の無能な政治で国庫を浪費した挙句、平和な祖国を日本に売ろうとしている"と発言しました。

朴正熙: ほう。歴史に残る名演説だな。

鄭求瑛: [決然とした表情で、]

閣下、そんな発言が出ては、我々も対抗せざるを得ません。このまま見越してはいけません。閣下も談話を発表すべきかと…。

朴正熙: [うなずきながら、]

そうしよう。李室長、学生たちがそんな連中の煽動に惑わされないような談話を考えてみてくれ。"学生たちの憂国衷情は理解するが、外交には役に立たない"という主旨で草案を準備するように。

李厚洛: はい、閣下。

　　　[頭を下げて退く。]


朴正熙: [一同を見回しながら、]

　　　日本と国交を結ぶことが、我々が海外に進出する第一歩だ。我々は常々"三面が海"という言葉を口にして暮らしているが、これまで海の向こうの大きな世界に出てみようと努力したことはなかったんだ。


[皆うなずく。]


　　　海の向こうに出る初の関門が日本なのだよ。船も飛行機も先に日本に立ち寄ってから我が国にやって来る。知識、技術、資本、これらはすべて日本を通じて入って来る。我が大韓民国が進むべき道は海外へと伸びつつあり、その道の最初の関門が日本なんだ。


鄭求瑛: まことに正論です。


[皆うなずいて同意を示す。]


[李厚洛がまた入って来る。]


李厚洛: 閣下、東京の金鍾泌 議長から電話が入っております。


朴正熙: [受話器を取り上げながら、]

　　　もしもし？

[電話の声]: 閣下、金鍾泌です。

朴正熙: ご苦労さま。どう、うまくいっているかね？

[電話の声]: はい、閣下。ついに、大平外相と会って日程についての最終的な合意を得ることができました。5月初旬に韓日協定に調印するという日程で実務者レベルの合意を取りつけました。

朴正熙: [ちょっと表情が明るくなり、]
　　　　よくやった。そのまま進めてください。

[電話の声]: 日本側では韓国の国内情勢を大変懸念しています。

朴正熙: そうだろうなぁ。心配はいらないと伝えるように。国内のことは私が責任を持つからと。国を再生させるために革命を起こしたのだから、我々には責任を負う義務がある。今私ができなければ、次に誰が大統領になっても、日本と国交を結ぶことはできないだろう。そのことは私自身が誰よりもよくわかっている、と先方に伝えてほしい。

[電話の声]: 承知しました、閣下。

朴正熙: ご苦労さま。

[電話の声]: 失礼します。

朴正熙: [受話器を下ろしながら、]

　5月初旬に調印するという合意を得たようだ。

[同席した人たちから"よくやってくれた"といった声が上がる。]

朴正熙: あとは、国民に韓日協定を受け入れてもらうという仕事が残っているだけだ。どうすれば、国民の理解が得られるだろうか？

張坰淳 国会副議長: ご承知のように、韓国国民の反日感情は日本が韓国を強制併合して統治したという事実から出ているわけですが、6.25戦争（※朝鮮戦争)の時に日本が戦争特需で経済を再建したという事実も関係しているようです。我々が共産主義者との闘いのなかで命を落とし国も焦土と化している間に、物資を売って金儲けしながら経済を再建しやがって、と。そう考えると、悔しくて胃の辺りがチクチクと…。

[一座にどっと笑いが起こる。]

朴正熙: 私も胃が痛くなるさ。

[また笑いが沸き起こる。]

朴正熙: 実は金 議長がその話を日本側にしたそうだ。"我々が共産主義者と血を流しながら戦っている時に、あなた方は軍需景気で莫大な利益を得ていたじゃないですか？ そして、今も我々が共産主義を防ぎ止めているのですよ。我が国に6億ドルではなく、60億ドル払っても安いものではないですか？"と

詰め寄ったそうだ。

鄭求瑛: それを聞いた日本側は何と？

朴正熙: [にやりと笑いながら,]
　　　　自民党の幹事長と副幹事長が姿勢を正してすまなかったと言ったそうだ。

[人々が満足気にうなずき合う。]

張坰淳: 閣下、そのように考えると、国民は請求金額に不満を抱くかもしれません
　　　　ね。6億ドルなら決して悪い条件ではないんですが、国民感情からすれば
　　　　安すぎると感じるかもしれません。

鄭求瑛: 私もその点が気になっています。野党議員たちはまさにそこを突いてくる
　　　　でしょうし、新聞各紙がそれをそのまま記事にすれば、国民も同調する可
　　　　能性があります。

朴正熙: [うなずく。]
　　　　その点は警戒しないといけない。ところで、私は別の一面も見ておく必要が
　　　　あると思う。我々が血を流して共産軍と戦ったお陰で日本は安泰だったし、
　　　　お金もたくさん儲けたという話は、実は一面的な見方なんだよ。戦争で実際
　　　　に戦った人ならわかるだろう？　我が国が日本から恩を受けたことが。
　　　　[大部分が軍人出身である一同を見回す。]
　　　　我が軍が共産軍に押されている時、応援要請をすれば数時間の内に航空機
　　　　が爆撃を行い、敵軍を阻止してくれた。その航空機はどこから来たのか？

すべて日本からやって来たではないか？ 我々が共産軍に勝利したのは米軍の武器と物資のお陰だが、その武器と物資の大部分は日本で作られたものなのだ。

鄭求瑛: そのとおりです。

朴正煕: 日本が巨額の金を儲けたという話は、日本が6.25戦争の時に我々に必要な物資を提供して揺るぎない支援を行なったという証でもあるんだ。日本の戦略的な大切さを忘れてしまったら、外交も国防もまともに進めることはできないだろう。

[皆がうなずく。]

鄭求瑛: 閣下のおっしゃるとおりだと思います。人は自分の考えばかり押しつけたがる。しかし、日本の戦略的な重要性を忘れてはいけないのです。

朴正煕: 何度も言うが、日本は我が国が海外に進出する際に通らなければならない最初の関門なのだ。我ら民主共和党員は、各自そのことを国民に知らせ、国民が国交正常化を支持するよう努力しなければならない。

鄭求瑛: よくわかりました。 閣下、我々も閣下の意図するところが国民全体に理解されるよう懸命に努力いたします。

[皆が同意の意思を表す。]

朴正煕: この峠さえ越せば、将来は明るい。世界に飛び出して行くことができるん

だ。

[ある書類を捜して取り上げる。]

西ドイツに派遣された韓国人の炭鉱夫たちは勤勉だと言われている。落伍する者もなく、皆過酷な作業によく耐えているそうだ。鉱夫と同様、看護婦も西ドイツで歓迎されているとのことだ。

[一座を見回しながら,]

我が民族は優れた資質を持っているので、海外に出れば、皆成功する。西ドイツへ渡った鉱夫と看護婦は海外就業の道を拓くパイオニアなのだ。私はこれから西ドイツに行ってくる。アメリカや日本だけではなく、ヨーロッパからも資金を獲得できないかと考えているからだよ。

[席を立って前に進み出る。]

我々の将来は海の向こうにあるんだ。


[ダンサーたちが入ってくる。]


[朴正熙が『希望の国へ』を歌う。]


　　　船を漕いで行こう　荒波を渡って　向こうに見える丘へ
　　　山河は美しく　さわやかな風が吹く　希望の国へ


[皆一緒に歌う。]


帆を揚げ　風をはらませて　波を越えて進もう
自由　平等　平和　幸せに満ちた　希望の国へ

# 8章

1964年春。慶北龜尾(朴正熙の故郷)。
『丸木橋』の曲が静かに流れる。


朴正熙: 久しぶりに故郷に来ると、昔の思いが蘇（よみがえ)るなあ。

    [気持ちよさそうに深呼吸をする。]


陸英修 夫人: 私もだわ。


朴正熙: 君と初めて会ったのが昨日のことのように思えるが…。あれは人生の一大
事だった。君に出会っていなかったら、私がどうなっていたか想像もつか
ないよ。


陸英修 夫人: [穏かな笑顔で朴正熙を振り返る。]

    前にもそんなことをおっしゃったわね。


朴正熙: [目に笑いを込めて、]

そんなことを言ったことがあったかね？

陸英修 夫人: 覚えていません？

朴正煕: [にっこり笑いながら、]

あそこに咲いている桃の花がきれいだね。君は桃の花のようだと言った事

があったかなあ？

陸英修 夫人: [手で口を覆って笑う。]

朴正煕: おかしいかい？

思えば、私もずいぶん軟弱な男だったんだなあ。

[朴正煕 大統領が 陸英修の肩を抱いて『丸木橋』を歌う。]

桃やリンゴの花が咲く　私の故郷

会えば　楽しい丸木橋

]陸英修も一緒に歌う。]

なつかしき我が愛は　今いずこ

凍えた胸の中に　しまっておいた夢を

忘れ得ぬ歳月の中に　解き放とう

朴正煕: 君の夢は何だい？

陸英修 夫人: [遠い空を眺めて軽いため息をつく。]

これ以上夢などあるものですか？ 子どもたちがしっかり育っているだけで満足だわ

[朴正熙 大統領を振り返る。]

あなたと一緒に年をとっていければ、それで充分よ。

朴正熙: 一緒に年をとると言っても、私のほうがずっと年上だから、ともに年を重ねるのはなかなか大変だな。

陸英修 夫人: どうして？

二人でうんと長生きするから、心配しないで。

朴正熙: 今の季節は大変だったなあ。米の時期が終わっているのに、まだ麦は出ていないんだから、どんなにひもじかったか…。あの頃は、炊き立ての飯をどんぶりに山盛にして食べたいということしか頭になかった。

陸英修 夫人: 山間部では春の端境期が一番暮らしにくいと言ったものです。

朴正熙: そのうち、春の端境期はなくなるだろう。私がなくすと何度も言ってきたように、どんな事があっても、このうんざりするような貧乏をなくしてみせる。

陸英修 夫人: 世の中にこの難事業を成し遂げる人がいるとしたら、それはあなたしかいないわ。

朴正熙: [うなずいて、]

　　以前、工場に行ったとき、幼い女工に "願いは何かね？" と聞いたことがある。するとその女工が消え入りそうな声でこう言ったんだ。"私と同じ年ごろの子たちのように一度でいいから学校の制服を着てみたいんです" と。しばらくその女工の姿が目に焼きついて離れなかった。だから、女工をし、学びたくても学ぶことができない子どもたちが、仕事をしながら学べる環境をぜひとも作りたいんだよ。


　　[ダンサーたちが入ってくる。]


[朴正熙 大統領が前に出て『故郷を訪ね来ても』を歌う。]


　　はるばる故郷を訪ね来ても
　　夢にまで見た故郷はもうない

[陸英修が一緒に歌う。]


　　つつじの花咲く丘に寝ころび
　　草笛合わせた竹馬の友よ
　　空飛ぶ白いヒバリまで
　　思い描いた青雲の夢を
　　どう届けたらいいのだろう
　　どう生きていったらいいのだろう

# 9章

1964年12月9日。西ドイツ首都ボンのルトビヒエルハルト首相の執務室。
『もみの木』(※ドイツ民謡)の曲が流れる。

[朴正熙 大統領とエルハルト首相が会談している。]

朴正熙: 閣下、韓国も西ドイツと同じく共産国家からの脅威を受けています。共
産国家に勝つには経済が盛んではなければなりません。しかし、我々には
資金がないのです。融資していただければ、国家再建に使うことができま
す。

エルハルト首相: [葉巻の煙を吐き出しながら、うなずいて、]
なるほど。

朴正熙: 韓国は貧しい国でした。百年前、我々の先祖は世界のことがわからなかっ
たために、機会を逃してしまいました。その後ドイツに来て"ライン河の奇
蹟"を間近に見て学び、自分もドイツのような富める国になって共産主義諸

国の脅威から自由になろうと誓ったのです。

エルハルト首相: [相変らず葉巻を吸いながら、朴正煕の長い話を忍耐強く聞いている。]

そうですなあ。

朴正煕: 実は、我々が西ドイツを訪問した目的は"ライン河の奇蹟"を見せていただく
のと同時に、借款をお願いするためでもあるのです。閣下、お金を貸して
いただけませんか？

エルハルト首相: [ゆっくりうなずいて、]

閣下、貴国は日本と手を結ぶそうじゃありませんか？

朴正煕: [だしぬけに日本の話を振られ、少しムッとしたようにエルハルトを眺める。]

なぜ急に日本の話を？

エルハルト首相: 閣下、貴国が経済発展を進めたいのなら、日本と手を結ぶことが
不可欠です。我がドイツとフランスは歴史上42回も戦争をしてきました。
それでもアデナウアー首相はドゴール大統領と会い、過去のことは水に流
して両国は手を握りました。その協力が経済発展の基盤になったのです。
韓国も日本と手を握るといい。

朴正煕: ドイツと韓国は立場がまったく違います。ドイツとフランスは対等に争い
ました。韓国は一方的に日本の侵略を受けて支配されたのです。国民感情
からすれば、日本との協力は許しがたいものなのです。にもかかわらず、
日本は我が国に正式に謝罪したことが一度もありません。

エルハルト首相: そうなのですか？

　　日本は謝罪をし、補償もすべきです。それを前提条件として日本と手を組んでください。そうして経済を発展させ、共産主義の脅威を退けるのです。我々も後方から支援しましょう。

朴正煕: わかりました。努力してみます。貴重なご意見をありがとうございます。

エルハルト首相: いえいえ。私のほうこそ閣下の熱烈な愛国心に感服しました。閣下の愛国の思いについては、我が国の閣僚たちにも必ず伝えます。そして、持続的な経済協力に向けて財政借款を提供するための準備をするよう指示しましょう。

朴正煕: 閣下、誠にありがとうございます。

エルハルト首相: 政治リーダーというものは誰もが多くの悩みを持ちストレスを抱えているものです。閣下と私のように、分断国家のリーダーはなおさらです。共産主義の脅威に常に苦しんでいるのだから…。

　　[席から立ち上がる。]

　　閣下、ちょっとこちらへ。

　　[朴正煕を壁にかかった大きい地図の前に案内する。]

　　見てください。西ドイツに向かって"ワルシャワ條約機構"の軍隊が常に進軍態勢を整えているのがわかりますか？ 特にこの"フルダギャップ（Fulda Gap)"という地が問題です。この平地にソ連と東ドイツの戦車部隊が押し寄せれば、旧式な武器しかもたない我が国が迎え撃つのは不可能なんです。

朴正熙: [地図に表示された状況を把握して、うなずく。]

ここは戦車部隊が展開しやすい地形ですね。朝鮮戦争の時も、似たような地形の場所で北朝鮮軍にしてやられました。

エルハルト首相: あっ、そうでしたか。

ソ連の戦車部隊が押し寄せるとしても、我が国はアメリカが持っている核兵器を盾に彼らを抑えることができます。しかし、核兵器がいったん使用されたらドイツの国土はどうなってしまうのか?

朴正熙: [重々しくうなずく。]

悩ましい限りですなぁ。

エルハルト首相: そうなのです。首相に就任して以来、私は一時 (いっとき)たりともこの心配から逃れられたことはありません。たぶん、閣下もそうでしょう。韓国は北朝鮮と破壊的な戦争を経験したのですから、状況はさらに深刻でしょう?

朴正熙: [笑みを浮かべながら、]

おっしゃるとおりです。北朝鮮は今でも特攻隊を韓国に潜伏させて残忍な行為を行なっています。

エルハルト首相: それは大変ですなぁ。解決がむずかしく頭を抱えるような時は、私は歌を歌うことにしています。好きな歌を歌うと、気が晴れるのです。

朴正熙: ああ、そうなんですか?

エルハルト首相: 閣下は音楽の才が豊かだと聞き及んでいます。どんな歌がお好きですかな？

朴正熙: [にっこり笑いながら、]

『荒城旧跡』という歌が好きです。これは衰退した王朝の都で昔を偲（しの）ぶ歌なんです。日本が韓国を支配していた時期に作られたものですが、民族感情を刺激するとして日本政府から歌うことを禁じられていました。

エルハルト首相: そうなのですか？ ぜひ聞きたいものです。閣下、私のために歌っていただけませんか？

[ダンサーたちが入ってくる。]

朴正熙: [照れたような顔でうなずいて、声を整える。]

荒城の跡に夜が訪れると

月光だけが深々（しんしん)と

廃墟に隠れた思い出を囁（ささよ)く

ああ哀れなるこの身は

どこをどうして捜そうと

果てのない夢の中を　彷徨（さまよ)っている

エルハルト首相: [笑顔で拍手する。]

とても美しい歌ですなぁ。 閣下のような憂国の志の心情をよく表現していると思います。

朴正熙: ありがとうございます。閣下はどんな歌がお好きですか?

エルハルト首相: シューベルトの歌曲ならどれも好きです。心痛で気が重い時は、
　　　『菩提樹』を楽しく歌います。閣下もご存知でしょう? 一緒に歌いませんか?


[二人が一緒に『菩提樹』を歌う。]


　　　城門の前　泉のそばに立っている　菩提樹
　　　僕は　その木陰で　楽しい夢を見たものだ
　　　木の幹に希望の言葉を刻んで
　　　うれしい時や　悲しい時　訪ねて来た
　　　菩提樹の木のもとを

# 10章

1964年12月10日。西ドイツのデュースブルク市にあるハムボルン炭鉱会社の講堂。『夢金浦打令』の曲が流れる。

[朴正熙 大統領を歓迎しようと訪ねて来た鉱夫たちと看護婦たちが、太極旗（※韓国国旗)を手に持って待っている。]

鉱夫1：[こみ上げる感情に声をつまらせながら、]

　　　　いやあ。ここで大統領に会えるなんて思いもしなかったなぁ

鉱夫2：そうだよなあ。親に会うよりドキドキするよ。

看護婦1：お姉さん、昨日は遅くまで働いたから、朝まで綿（わた)のように眠りこけてしまったわ。無理やり起きて出てきた時は"なんで私がこんなに大変な思いを？"と思ったけれど、いざここに来て太極旗を手に立ってみると、涙が出てきちゃうわね。

看護婦2:あんたもそう？

　私も無理やり涙をこらえているの。あっ、あそこにいらっしゃったみたい。人がたくさん群がっているわ。


[朴正熙 大統領と陸英修 夫人が随行員たちに取り囲まれてやって来る。]


[大勢の鉱夫や看護婦が太極旗を振りながら拍手と声援で歓迎する。]


[大統領一行が手を振ってそれに応える。]
[陸英修はハンカチを取り出して涙をぬぐう。]


[涙をぬぐう看護婦たちが見える。]


[大統領の部下が壇上に上がる。]


司会者:国旗に敬礼をします。みなさん、壇上の太極旗のほうを向いてください。

　[場内のざわつきが収まったところで、号令をかかる。]

　国旗に対して敬礼。

　[敬礼が終わると、]

　続いて、国歌斉唱。

[鉱夫たちで編成された吹奏楽団が『愛国歌』を演奏する。]


　東海が干上がり　白頭山が擦（す）り減ってなくなるまで
　神が守り給う我が国　万歳

[感情がこみ上げた人々の声が涙声に変わっていく。]


　　　むくげの花 三千里　華麗なる山河


[皆が涙を流すので、最後の小節はほとんど聞こえない。]


　　　大韓人よ　大韓を永遠にあらしめよ


[吹奏楽団の演奏が終わると、朴正熙大統領がハンカチで涙をぬぐって鼻をかんだあと、演説を始める。]


朴正熙: みなさん、遠い他国の地でこうしてお会いできて、感無量です。祖国を出て異国の地に渡り、地に潜って働いていらっしゃる方々には本当に頭が下がります。
　　西ドイツ政府の招請によって多くの国の人々がここに来て働いていますが、中でも韓国人が最もよく働くというお褒めの言葉をいただいており、うれしい限りです。


[聴衆の間から鼻をすする音が聞こえる。]


[胸がいっぱいになった朴正熙 大統領は原稿を見ないで即興演説を始める。]


朴正熙: 鉱夫のみなさん、看護婦のみなさん、母国の家族や故郷のことを思うとさぞつらいと思いますが、一人ひとりがどうしてこの遠い異国にやって来たのかを肝に銘じて祖国の名誉にかけてがんばってください。

[聴衆の間からむせび泣く声が聞こえる。]

[朴 大統領も涙で声が出ない。陸英修がハンカチでそっと涙をぬぐう。]

朴正煕: たとえ私たちが生きているうちに国の繁栄を見ることができなくても、子
　　　　孫のためにその基礎だけでも築いておこうではありませんか。

[むせび泣く声が大きくなると、朴正煕 大統領が演説を中断してハンカチでそっと
涙をぬぐう。聴衆と随行員も皆声を上げて泣き始める。]

[朴正煕 大統領がついに演説をあきらめ、壇上から下りて聴衆の鉱夫やと看護婦に
声をかける。一人ひとりと握手しながらパゴダ(タバコの銘柄)タバコを一箱ずつ手
渡す。]

[ハムボルン炭鉱で働く鉱夫たちが駆け込んで来る。]
[切り羽から直行してきたため、黒い石炭粉がついたままの姿で大統領に近づいて
いく。]

鉱夫3: [真っ黒い手を突き出しながら、]
　　　　閣下、握手をしてください。

[朴正煕 大統領が彼の手をがっしり握る。そして肩をたたく。]

鉱夫4: [涙声で話しながら、]
　　　　閣下、まだいらっしゃいますよね。もう帰られてしまうんですか？

朴正熙: 私の心も同じですよ。皆さんともっと長く一緒にいられたら…。

　　　[涙をふきながら、]

　　　みなさんをここに残して帰ると思うと…。


鉱夫5: 国事でお忙しいでしょうに、こんなにしていだだいて…。お顔を拝見した
　　　だけで十分です。大統領閣下はもう気兼ねなく出発してください。


朴正熙: ありがとう。またお会いする日が来るでしょう。がんばって働いて、みな
　　　さん無事に故郷に帰って来てください。そんな気持ちを込めて、みんなで
　　　故郷の歌を歌いましょう。


[流れる涙をぬぐおうともせず、朴正熙 大統領が『ふるさとの春』を歌う。]


　　　私の住んでいた故郷は　麗しい山里
　　　桃花　杏花　赤んぼつつじ


[皆泣きながら一緒に歌う。]


　　　色とりどりに　花大闕(※花の大門)を飾る町
　　　そこで遊んだ日々が　懐かしい


[朴正熙 大統領と陸英修 夫人が手を振って外に出ていく。]


[鉱夫や看護婦が歌って踊りながら、大統領一行を見送る。]

花咲く町　新しい町　私のふるさと
野原の南側で　風が吹けば
川辺りの糸柳が踊る町
そこで遊んだ日々が　懐かしい

# 11章

1966年4月のある夜。青瓦台の大統領公邸の書斎。
乱れている乱調の音楽が流れている。

朴正熙 大統領が一人でマッコリを飲んでいる。
目の前に開いた新聞が置かれている。

[陸英修が静かに入って来る。]

陸英修 夫人: [顔に柔和な笑みを浮かべながら控え目な声で、]

　一人で召し上がるより、たとえ妻の私でもお相手がいたほうがいいんじゃ
ありません？

朴正熙: [にっこり笑いながら、椅子に座るよう促す。]

　子どもたちは？

陸英修 夫人: [椅子に腰を下ろしながら、]

槿暎と志晩は寝ています。謹恵は宿題があるとかで…'

朴正煕: [うなずいて、杯（さかずき)を飲み干す。]

　　　一杯どうだい？

陸英修 夫人: [笑いながら、]

　　　少しだけ。

朴正煕: [杯にマッコリを注いで渡す。]

　　　味は大丈夫だと思うが…。

陸英修夫人: [一口飲んで、]

　　　大丈夫のようね。

　　　[杯を下ろして机の上に散らばった新聞のほうにちらっと目をやる。]

　　　中がたくさんいたみましょうね？腹立たしい記事がたくさんあるようね。

朴正煕: [新聞を睨みつけ、怒りを抑えられない子どものような声で、]

　　　まったく忌々しい。新聞は野党の連中の発言ならすぐに記事にするんだ。

陸英修 夫人: 言わせておけばいいじゃない。あなたが何をしても褒めるような人た
　　　ちじゃないんだから。気にすることはありませんよ。

朴正煕: それもそうだ。今、全世界の自由主義国家が共産主義国家と生き死にをか
　　　けて戦っているのというのに、我が国だけが平和に過ごせるようなことを
　　　平気で言うとは…。

[ふーっと長く息を吐き出す。]

アメリカがベトナムで戦っているというのに、同盟国である我が国だけ平和に暮らせるとでも？ それが同盟なのか？

6.25戦争（※朝鮮戦争）の時、アメリカは何万人もの若い命を朝鮮半島で犠牲にして陥落寸前の戦況を立て直してくれたのに、、アメリカが窮地に立っている時は知らん顔をしろと言うのか？

それが人間のすることなのか？損得を離れて行動することが人の道ではないのか？

陸英修 夫人: 子どもでもわかる理屈がわからないんだから、本当に嫌になるわ。

[ふっと短く息を吐く。]

朴正熙: [杯を空け、少し沈んだ様子で、]

私は諄（くど）いくらい丁寧（ていねい）に国会で説明したんだ。我々が口をつぐんでいれば、アメリカがそれで承知するのかと。急な展開があれば、アメリカが在韓兵力をベトナムに投入するのではないのかと。いや、もう移動させているはずだと。在韓米軍が北朝鮮軍の侵入を阻む引継ぎ線(※防御の第一線として機能する軍事力のこと)の役割を担っていることを誰もが当たり前だと思っているが、その引継ぎ線が消えることが心配ではないのかと。私は、引継ぎ線がなくなること自体より、それを心配する人がいないことのほうがもっと問題だと。

[陸英修がやかんを持って杯を満たしてくれるのを待って、]

そこで、ここにいる米軍をそのまま置いておいてもらう代わりに、我が国の兵力をベトナムに投入して共に戦うことをアメリカに提案したわけだ。いい考えだろう？在韓米軍の兵力がそのまま維持されれば、北朝鮮軍も滅

多なことはできないからな。アメリカは同盟国が参戦するのをむしろ歓迎するはずだ。なのに、どうしてそれに反対するんだ？たとえ反対だとしても、本当に国の存亡にかかわることだとわかったら、それを認めて協力すべきではないのか？

陸英修 夫人: 元々がそんな人たちだから、反対ばかりするのよ。民主共和党の人たちに、出て行って説得するようにおっしゃれば？

朴正煕: 説得されて納得するような連中かね？韓国軍兵士の給料問題にしてもそうだ。我が軍がベトナム戦争に参戦することになれば、韓国軍兵士らの待遇もある程度保障されなければならない。そこで、米軍ほどの水準ではないにしろ、それ相応の給料がもらえるように交渉したわけだ。私がそう言うと、今度は若者の命を金で売るのかと反論してきた。

陸英修 夫人: そんな話にだまされる国民はいないでしょう？

朴正煕: [長いため息をついて、]

若者の命を金で売るのかとという話があまりに情けなくて…。何の因果でこんな目に遭わなくちゃならないのか、と悔やんだ。すべてを捨てて田舎に移り住み、畑を耕しながら暮らすことも考えてみたりもしたよ。すばらしいと思わないかい？うちの子どもたちに土のにおいを感じさせるんだ。米や麦がどうやってできるのかを知る楽しさも教えられる。
[子ども部屋のほうに目をやりながら、]
ただ、うちの子どもたちはぜいたくな暮らしに慣れているから、時々胸が痛むんだ。田舎で友だちができるだろうかと。うちの槿恵や槿暎、志晩と

同じ学校に通って同じクラスだったら、隣の席に座りたいと思うか、まして友達になりたいと思うかね？

私はそれが一番心配だよ。打ち解けて話せる友だちができないのではないだろうか思うと…。

[頭を横に振る。]


陸英修 夫人: 私もそれが心配だわ。これから先、うちの子どもたちもいろいろな困難を経験すると思うけど、そんな時にそばで支えてくれる友だちがいるかしら、とふと思うことがあるの。

[出そうになるため息を押し殺す。]


朴正熙: 故郷の田舎に帰ろう。野に下って、畑を耕しながらのんびり暮らそうじゃないか。

[すっくと立ち上がり、『回る水車の謂（いわ)れ』を歌い始める。]

ソウルはよいと言われるが

私はそれほど好きじゃない

小川のほとりに橋を掛け

故郷をなくした旅人が渡れるようにしてあるよ

春なら柳の枝を手折り　笛を作って吹きながら

回る水車のその謂れを　いつか調べてみたいもの


陸英修 夫人:［回想するような表情で、］

子どもの頃には草笛を作って吹いたりしたわ。


朴正熙: 今頃はちょうど柳の葉が青々して、草笛作りにはいい季節だなあ。

[柔和な表情になって真剣に陸英修を見る。]

なあ、家族みんなで本当に都落ちしようじゃないか？

陸英修夫人: [朴正煕の顔色をうかがいながら、]

本気で言ってらっしゃるの？

朴正煕: 本気だよ。

[手を差し出して陸英修の手を握る。]

急に思いついた話ではないが、いざ口に出すと全身の力が抜けるようだ。
でも、気まぐれで言っているわけではないよ。

陸英修夫人: そうしたら、国事は誰が引き継ぐんです？

朴正煕: 大統領になりたい人間なら山ほどいるさ。

陸英修夫人: なりたい人はたくさんいるでしょうけど…。

[静かに頭を横に振る。]

でも、今あなたが退けば… この国難の時にあなたが退いてしまったら… 国
が揺らいでしまうんじゃありません？ 革命を起こした時に言ったでしょ
う？ 国が道に迷っているから道を探すために革命を起こすのだと。これか
らは道を作るんだとおっしゃったじゃありませんか？ ダムを築いて、高速
道路を伸長し、製鉄所を建設して… 新しい道を開拓すると言ったでしょ
う？ その仕事をやり遂げなくていいんですか？

朴正煕: [寂しそうに笑いながら、]

何はともあれ、私には君という確かな支持者が一人いることだけは確かな

ようだね。

[陸英修夫人が『あなたがいることで』を歌う。]

　　　あなたが不安になったなら
　　　私が行って　手を取り合いましょう
　　　溢れんばかりの喜びと　静かに満ちる愛しさが
　　　あなたがいることで　あなたがいることで
　　　私の心に　芽生えたの
　　　ああ、愛しさよ　愛しさよ　愛しさよ

[陸英修が両手を上げて前のほうに出す。]

　　　あなたがいることで　私はいるのよ

[朴正熙が陸英修に一歩近寄って両手を取る。感情がこみ上げた様子でそのまま顔を伏せる。]

　　　[灯りが徐々に消えていく。]

# 12章

1968年1月。青瓦台の大統領執務室。
『聖者の行進』（※アメリカ民謡)の曲が流れる。


朴正熙 大統領が机の上に置かれた地図をのぞき込んでいる。
机には定規と何本かの鉛筆が置いてある。


[金鶴烈 経済第1首席秘書官が入ってくる。]


金鶴烈: 閣下、李秉喆 社長と鄭周永 社長が到着しました。


朴正熙: [地図から目を離さずに、]

お通ししなさい。


金鶴烈: はい、閣下。

[後ろを向いて出ていく。]

[金鶴烈の案内で、李秉喆 三星社長と鄭周永 現代建設社長が入って来る。]

李秉喆と鄭周永: 閣下、お元気でしたでしょうか？
    [腰を折ってあいさつをする。]

朴正熙: [ゆっくり腰を伸ばしながら、明るい顔で迎える。]

    やあ、李 社長、鄭 社長、いらっしゃい。お会いできてうれしい。

李秉喆: [机の前に近寄りながら,]

    何をしていらっしゃったのですか？ 我が国の地図ですよね。

朴正熙: [のびやかなほほ笑みを浮かべて、]

    はい。高速道路の路線を検討し直していたところです。

李秉喆と鄭周永: ああっ、はい。
    [互いの顔にちらっと見やる。]

朴正熙: 道は一度造ってしまったら、造り直すのは大仕事だから…。最初が肝心な
    のですよ。

李秉喆: 閣下が高速道路建設という難題を抱えていらっしゃることは私たちもよく
    存じております。高速道路が重要だということも十分承知しております。
    ですが、今は、北朝鮮から特殊部隊が潜入して青瓦台の襲撃を試みたり、
    アメリカ海軍のプエブロ号が北朝鮮に拿捕されたりしている状況ですか
    ら…。

朴正熙: [ほほ笑みを浮かべたまま、]

　　　北朝鮮が我々を攻撃するのは今に始まったことではないでしょう？ 金日成が今度は私を殺そうとしているようだが、今後ともありとあらゆる備えをしていくつもりです。

李秉喆と鄭周永: はい、閣下。

李秉喆: まことに憂慮すべき事態です。 閣下が韓国を富強の国に導こうとすれば、北朝鮮が黙っているるわけがありません。

鄭周永: 閣下、身辺に危険が及ばないよう万全の対策を立てるべきと存じます。

朴正熙: [新たな決意を表情に表しながら、]

　　　彼らがどんな暴挙に出ても、私はこの国の安全を守るつもりです。

　　　[ダンサーたちが入ってくる。]

[朴正熙が一歩進み出て『三八線の春』を歌う。]

　　　雪さびた山の野辺に花が咲いたよ
　　　鉄條網が赤さびても銃刀は輝き

[李秉喆、鄭周永、金鶴烈も一緒に歌う。]

　　　歳月を嘆くべきか　三八線の春

戦さで功を立てたとしても

大将なんかにゃなりたくないさ

二等兵　この身を捨てても

きっと故郷を守ってみせる


朴正煕: 今回も、アメリカが及び腰なせいで、北朝鮮の悪行をまともに戒めること
　　　ができない。力がなければ、どうすることもできないのですよ。


李秉喆と鄭周永: おっしゃるとおりです。


朴正煕: 北朝鮮が無茶なことを仕掛けてくるのはもはや日常茶飯時だ。国を導く
　　　人間が日々の問題だけに汲々としているわけにはいかんでしょう。十年、
　　　二十年後の国の行く道を考えなければならない。今、高速道路を建設する
　　　にあたって、その未来を思い描いているのです。道あるところに道ができ
　　　るのですから。
　　　[にっこり笑いながら、説明する、]
　　　人々の通る道があると、そこに国の歩む道もできる。そういう話なのですよ。


李秉喆: 実によいお話です。
　　　[笑みを浮かべて鄭周永を振り返る。]


鄭周永: [笑顔で、]
　　　閣下、道路建設については、私も少し考えてみました。閣下のおっしゃる
　　　ように、道ができると別の何かが見えてくるように思います。

朴正熙: [力を込めてうなずきながら、]

私が西ドイツに行って一番羨（うらや)ましかったのは、まさに高速道路だったのですよ。アウトバーンというその道路は本当にすばらしい。あの時、決心したのです。我が国にも必ず高速道路を建設してみせると…。とはいえ、あまりにも多く金がかかるのでくじけそうになったこともあるが、アメリカと世界銀行を全力で説得したのです。"鉄道だけに頼る時代は終わった。ぜひ技術も提供してほしい"と伝えたんです。

[地図を示しながら、]

こんなふうにソウルと釜山が高速道路でつながれば、国中が活気づく。
道路は人の血管と同じではないだろうか？ 私は道路というものが好きなのです。なんと言っても、人と物資が簡単に素早く移動できるところがいい。

鄭周永: 実にいいお話です。

李秉喆: 閣下の慧眼には感服するばかりです。

朴正熙: 私たちが建設する道路をたくさんの車が利用することになれば、より大きく立派な高速道路を次々に建設していくつもりです。道がないから車が通らず、車が通らないから道らしい道が造られないという悪循環を我々の代で断ち切ろうではありませんか。

李秉喆と鄭周永: はい、閣下。

朴正熙: 実のところ、高速道路建設は我々の手に余る事業なのです。財源を確保するためにすべての部署の今年度予算を一律５パーセント削減した。"一律５

パーセント"と言うのは一見簡単そうだが、そのように予算を削るのは本当に大変なことなんですよ。

[金鶴烈を指しながら、にっこり笑う。]

金 首席秘書官が経理に明るくリーダーシップがあったからよかったものの、大統領の言葉だけでは誰も聞き入れてくれなかったはずだ。すでに財源は政府で準備したので、建設に関しては民間企業が責任をもって当たっていただきたい。工事は鄭 社長に主導していただき、李 社長には財界から積極的な資金援助が得られるようお力をお借りしたいのです。

鄭周永: 承知いたしました。。 閣下の意に沿うよう、必ずや高速道路を完成させます。

李秉喆: 私たちすべての企業人は閣下のおっしゃることの深い意味をよく理解し、この重要な事業に身命を賭して参加しなければならないと考えております。

[李秉喆と鄭周永はあいさつをしたあと、 金鶴烈に導かれて退出する。]

[朴正煕大統領はまた地図をのぞきこむ。定規を手に取って、『荒城旧跡』を口ずさむ。]

> "城が崩れ　ただの荒れ地になったのに
> 雑草ばかりがが青々と
> 世の中が虚しいことを
> 教えてくれる…"

広報秘書官: [急ぎ足で入って来ながら、]

閣下、新聞各紙が今回の高速道路事業に対して批判を繰り広げています。

朴正煕: [腰を伸ばし、その姿勢で地図をのぞきこみながら、]

批判の理由は？

広報秘書官: [言いにくそうに、]

経済効果がない、というのです。高速道路建設にはおびただしい資金が投入されるにもかかわらず、輸送物資も少なく、経済効果がないと。資金は別のところに使うべきだと言っています。

朴正煕: 経済性がない？ そういう声は常に上がるものだ。財源の調達法案が成立していないことを批判する者はいないのか？

広報秘書官: [恐る恐る、]

おります、閣下。実は、全ての財源を調達する法案も決まっていないのに、どうして急いで着工するのかという声も上がっています。

朴正煕: [地図に定規を当てて距離を測る。]

批判するならすればよい、と伝えるんだ。

広報秘書官: はい、閣下。

[立ち去りがたい様子でぐずぐずしたあと、そっと退出する。]

政務秘書官: [急ぎ足で入って来ながら、]

閣下、野党各党のスポークスマンが一斉に高速道路建設反対の声明を出しました。

朴正煕: [メモ用紙に測定した距離を書きこみながら、]

経済性がなく財源の調達法案も未定だという内容なのだろう？

政務秘書官: [ちょっと驚いた表情で、]

はい、そうであります、閣下。

朴正煕: わかった。

[しばらく考えて、]

報道官を呼ぶんだ。

政務秘書官: はい、閣下。

[青瓦台の報道官と政務秘書官が一緒に入って来る。]

報道官: 閣下、お呼びでしょうか？

朴正煕: [腰を伸ばしてゆっくりうなずく。]

新聞と野党が揃って高速道路建設に反対していることに対し、反論声明を出すように。

報道官: かしこまりました。

朴正熙:経済性もあるし財源も用意できていると。

報道官:承知しました。

　　　　[手帳に書き留める。]

朴正熙:"これまでもいろいろなことを成し遂げてきたが、今回の高速道路事業も必
　　　　ず成功させる。私には自信がある"と伝えるんだ。

報道官:はい、閣下。

朴正熙:我々が蔚山に工業団地を作ろうと言ったときも、皆反対したじゃないか。
　　　　当初はアメリカですら、絶対反対の立場をとった。金も技術も資源もない
　　　　国が、何の工業団地かと。だが、我々は大成功を収めた。今、蔚山がどう
　　　　なっているか。文字どおり"桑田碧海"（※"青い海が桑畑に変わる"の意味)
　　　　だ。今度もそうなる。と、そう言っておくように。

報道官:了解しました。

　　　　[一言も漏らさないよう、手帳にメモする。]

朴正熙:アメリカ人は正直だよ。何年か後には、当時反対した人々が自分たちは思
　　　　い違いをしていたと謝罪したのだから…。それに引き換え、我が国の野党
　　　　の党首たちからは謝罪の言葉が一切ない。
　　　　[頭を横に振る。]
　　　　一つここで予言しよう。これから何年か経って高速道路がすべて建設され
　　　　れば、私の判断が正しかったと証明されるだろう。そうなっても、野党の

党首たちは自分たちの過ちを決して認めないだろう。私がそう予言したと発表するように。

報道官: [言いにくそうに、]

閣下の予言は的中すると存じます。ですが、その予言を今公表するのはいかがかと…。

朴正熙: [からからと笑いながら、]

では予言の部分は抜いておくように。

報道官: [ほっとしたような笑みを浮かべて、]

はい、閣下。すぐに声明を出します。
[安心した顔をしてで急ぎ足で出て行く。]

李厚洛 秘書室長: [浮かない顔で入って来て、もじもじする。]

閣下。

朴正熙: どうした。首尾よくいったのか？

李厚洛: 閣下、民主共和党がその法案を今期中に通過させるのは難しいと言っております。。

朴正熙: [表情を硬くしながら、]

どうしてだ？

李厚洛: 野党が国会で座り込みをすれば、まともな方法では通過させられない
と…。

朴正熙: [怒りで顔の血の気が引く。]
何だと？ そんな愚かな話があるか？、多数与党が法案一つ通せないという
のか？ ほかでもない、この国の経済発展のために高速道路を作ろうという
法案だというのに、野党が反対したくらいでまともに通過させられないだ
と？ ああ、それなら強引にでも通過させればいいではないか。

李厚洛: 申し訳ございません。

朴正熙: こんなことがあってよいものか？ 民主共和党は政権政党ではないのか？ 今
すぐ行って、皆に腹をくくれと言ってくるんだ。

李厚洛: はい、閣下。
[急いで出ていく。]

金鶴烈: 閣下、朱源 建設相が到着しました。

朴正熙: [まだ怒りが収まらない声で、]
入るように言うんだ。

朱　源: [大統領の顔色をうかがいながら、]
閣下、高速道路の建設は予定どおり進んでおります。

朴正熙: [うなずきながら、穏やかな声で、]

なによりだ。朱長官、苦労をかけるなあ。

朱　源: 鄭周永社長の陣頭指揮の下、皆が心を合わせてがんばっております。

朴正熙: それは大いに結構だが、がんばり過ぎないようにと鄭周永社長に伝えなさい。何か事故でも起これば、新聞と野党が蜂の巣をつついたように大騒ぎをするだろう。これまで経験したことがない工事なのだから、くれぐれも気をつけて事故が起こらないようにしなければいけない。

朱　源: 承知しました、閣下。閣下のお言葉を鄭周永社長に伝え、私と建設部の役人たちで責任をもって監督いたします。
[あいさつして退出する。]

李厚洛: [大急ぎで入って来る。表情が明るい。]

閣下、法案が通過しました!

朴正熙: そうか? それはよかった。野党がいきり立って騒ぎ立てるだろうな。

李厚洛: はい、あのう…。すべての政治日程をボイコットすると大騒ぎしています。

朴正熙: [のびやかな表情でうなずく。]

私の悪口を言っているんだろう。

李厚洛: 申し上げるのも憚（はばか）られますが、閣下のことを独裁者と呼んでいます。

朴正煕: "独裁者"？

野党が何でも言いたいことを言えるこの国で、"独裁者"だと？ 国のために政治を行なっているこの私を、"独裁者"呼ばわりするのか？

[静かな声で、]

"独裁者"と呼びたいなら呼ばせておけばいい。国のためなら、独裁者という名も甘んじて受けようじゃないか。私は国のために働くから、私が死んだあと、私の墓に唾を吐けばいいだろう。

# 13章

1969年6月。経済企画院会議室。
オペラ『道化師』の『衣装をつけろ)』の曲が流れる。

金鶴烈 副総理兼経済企画院長官が幹部会議を始めようとしている。

金鶴烈 : [一座を見回して]

　　　一昨日、閣下が長官の辞令を渡しながら、私にこうお尋ねになった。"金
　　　首席秘書官、私が君に経済企画院を任せる意味がわかるかね？"
　　　[机を見下ろして少し間をおき、おもむろに顔を上げる。]
　　　そこで、私は閣下にこう言ったんだ。"閣下、浦項総合製鉄所の事業を成功
　　　させて、閣下の恩に報います。"と。

[緊張した経済企画院の幹部たちが長官の言葉を理解して、控えめにうなずく。]

金鶴烈 : 皆も知っているとおり、閣下の念願である総合製鉄事業が遅々として進
　　　んでいない。支援してくれる国が一つもないからなんだ。私たちが製鉄の

ことを話題にすると、第2次大戦後に意慾的に総合製鉄事業を推進してき
た国々の中で、成功した国はないといった話が返ってくる。インド、トル
コ、メキシコ、ブラジルなど、失敗した国は枚挙にいとまがない。アメリ
カ人に聞いても、西欧人に聞いても、世界銀行に聞いても、"インドも失敗
したし、トルコも失敗した"という話しかしな出ないので、こちらも頭が痛
くなるばかりなんだ。
[顔に微妙な笑いを浮かべて、頭を横に振る。]


[幹部たちが控え目な笑みを浮かべて、こわばっていた姿勢を少し崩す。]


黄秉泰 局長: 私どももそういう話をうんざりするほど聞きました。


[笑いが起こり、少し場がなごむ。]


金鶴烈: そうだな。
　　　　[うなずきながら、]
　　　　そういう話にも一理はある。だが、そんな話をする連中が見落としている
　　　　ことが一つあるんだよ。
　　　　[一座を見回す。]


[皆、長官の真意を探ろうとする。]


金鶴烈: 見落としているのは、"リーダー"という要素なんだ。インド、トルコ、メ
　　　　キシコ、ブラジルにはいなかったが、今の大韓民国には強いリーダーがい
　　　　る。目指すべき目標を国民に示して社会の力をそこに集中させるリーダ

一、国の未来のみを考える強いリーダー。それこそが、他の国々にはなく、今我が国にある要素だ。これは決定的な要素なのだよ。

[皆が明るい顔で力強くうなずく。]

金鶴烈: そして、"勇将の下に弱卒なし"と言うだろう？
　　　そう、製鉄に失敗した国々には、私たちほどのテクノクラート（※技術官僚)がいたとは到底思えない。

[皆が自負心をのぞかせるような表情を見せる。]

金鶴烈: 貧しい国では私たちのようなテクノクラートが先駆者にならなければならないんだ。

[人々が口々に呼応する] "ええ、そのとおりです!"

[金鶴烈が立って『先駆者』を歌い出す。]

　　　一松亭 青き松は　老いていけども
　　　一条の海蘭江は　千年万年流れ続ける。

[皆も一緒に歌う。]

　　　祖国奪還へ　馬で駆け巡った先駆者たち
　　　今はいずこに　猛（たけ)き夢の深きまま

[金鶴烈が席に座る。]

金鶴烈: 私たちも先駆者の精神で製鉄事業に邁進しようではないか？　命をかけるな
　　　どとむやみに言ってはいかんのだが、私はこの事業に命をかけようと思っ
　　　ている。

一　　同: [皆、神妙な顔で、]
　　　私たちも同感です。

金鶴烈: [鄭文道次官補のほうを見て、]
　　　この事業のことは次官補にくれぐれもお願いするよ。この先、次官補は企
　　　画院に出勤しなくてもいい。ホテルでもどこにでも部屋をとって、浦項製
　　　鉄所の建設を推進することだけに専念するように。

鄭文道: [思いがけない指示にしばらくもじもじしていたが、意を決したように頭を下げてあいさ
　　　つをする。]
　　　はい、副総理、承知しました。

金鶴烈: すでに状況は明らかだ。我が国の製鉄所建設に資金と技術を提供できるの
　　　は日本だけなんだよ。どうすれば、日本から支援を引き出すことができる
　　　と思うかね？

梁潤世 局長: 以前、日本との閣僚会談の時に日本側の実務者たちに資金の話をし
　　　たことがあります。その時、日本側は製鉄所建設には請求権資金を当てる
　　　法案で対処することも可能だと言っていました。私も請求権資金は毎年数

千万ドルずつ受けとってあちこちに使うより、製鉄のような基礎産業に集中的に投入するほうがいいと考えています。

金鶴烈: それはいい考えだ。日本側が先に言い出したのであれば、話は簡単だろうしな。

黄秉泰: [慎重な面持ちで、]

ただ、閣下が請求権資金をすべてこちらに使うこと許可してくださるかどうか…。請求権資金は農村復興に使わなければならないと、常々力説していらっしゃいますので…。

鄭文道: 黄 局長の言うとおり、農村復興のために使用すると決めた請求権資金をすべて製鉄に注ぎ込むのは、思ったより難しいかもしれませんね。農漁村出身の国会議員も反対するでしょうし。

金鶴烈: わかった。閣下には私から申し上げよう。梁 局長は資料を作っておきなさい。

梁潤世: 承知しました、長官。

金鶴烈: [鄭文道のほうを向いて、]

国会の仕事はまた具泰會 議員に世話にならなくてはならない。
[にっこり笑う。]
学徒兵の同期という縁はいろいろ使えるな。

黄秉泰: 学徒兵の同期は特別な縁ではないでしょうか？

金鶴烈: いかにも。

[うなずく。]

日本軍にはたくさんの朝鮮人がいたが、どんな気持ちで従軍していたのだろう？

それをともに耐えたのが、具議員と金寿換 枢機卿だった。

[軽いため息をついて、]

そうなんだよ。梁局長、今夕にも通産省の調査団と会うと言っていたが？

梁潤世: はい。今日の夕方に赤沢 重工業局長と会う予定です。

金鶴烈: 私も出席しよう。

鄭文道: [慌てて、]

先方はは局長なのに、副総理が出席されては、格の問題が…

金鶴烈: [とぼけたように、]

格式が飯を食わせてくれるのか？

[真顔になって、]

見ていなさい。日本という国は元々実務者が実権を握ってきた国なんだ。満州事変を起こして中日戦争を起こしたのは誰かね？ 関東軍の参謀たちではないか？ 板垣征四郎、石原莞爾、土居原賢二、すべて将軍ではなく中佐や大佐だった。彼らが陸軍本部の中佐や大佐らと画策したのだ。官僚も同じではないか？ 局長クラスがすべてを決めるのだろう？

鄭文道: そのとおりですね。

金鶴烈: 私が真摯（しんし)な態度で接すれば、我々の真意が伝わるだろう。金山 大
　　　使も同席するのかね？

梁潤世: はい。大使もいらっしゃいます。

金鶴烈: それはよかった。
　　　[時計に目をやる。]
　　　時間が迫っているようだ。話はこれで切り上げて、出かける支度をしよう。

# 14章

ソウル市内の料亭。

『乾杯の歌』(※ヴェルディの歌劇『椿姫』より)

の曲が流れる。


韓国経済企画院の役人と日本の通産省の役人が、夕食を共にしている。


金山政英 在韓日本大使: 副総理が自ら同席なさるとは思っておりませんでした。光
　　栄です。ありがとうございます。

　　[座ったまま腰を曲げてあいさつする。]


金鶴烈: [頭を下げて答礼し、にっこり笑う。]

　　私が長く生きてきた中で学んだ教訓の一つに、"格式を気にしているうち
　　は、本当に重要な話し合いの席に着くことはできない"という言葉がありま
　　す。


[一同なごやかに笑う。]

赤沢 局長: [腰を折ってあいさつする。]

　　　　副総理、ありがとうございます。光栄です。

金鶴烈: いえいえ。それはそうと、調査は順調に進んでいますか？

赤沢 局長: ええ 。現在、うちの職員たちが懸命に調査し、資料を収集しています。

金鶴烈: 調査団の方々には、正確に調査した上で公正な判断をしていただけるもの
　　　　と信じています。ところで、一つお話したいことがあるのですが…。
　　　　[一呼吸置いたあと、]
　　　　調査報告書には主に数字で現わせる事実が記載される。数字にできない抽
　　　　象的なもの、たとえば政治指導者のリーダーシップとか社会の空気といっ
　　　　たものは、反映されにくいのではないですか？

赤沢 局長: あっ、はい。お話の主旨はわかりました。そうした無形の要素も反映す
　　　　るよう努めます。特に、朴正煕 大統領閣下のすぐれたリーダーシップは製
　　　　鉄事業の妥当性を検討するに当たって考慮すべき事項だと思います。

金鶴烈: 感謝します。リーダーが卓越していれば、社会の空気も活気に満ちてきま
　　　　す。その証拠に、今、大韓民国の社会では、どんな難関も乗り越えられる
　　　　と考える人が増えています。

金山 大使: 私も同感です。私は、最近の韓国社会を見るにつけ、大地からたくさん
　　　　の新芽が力強く伸び出してきたのを感じています。。まことに喜ばしいこ
　　　　とです。

金鶴烈: [にっこり笑いながら、]

大使、近頃、経済企画院の者たちが大使のことを"金大使"と呼んでいるのを
ご存じですか?

金山 大使: [訝（いぶか）しそうな顔で金鶴烈を眺めるが、すぐに意味を察して深々と頭を下げな
がら、]

ありがとうございます。誠に光栄です。

金鶴烈: [赤沢のほうを向いて、]

大使の名字（みょうじ)の最初の字は韓国で一番多い金という姓と同じです
よね? 金山大使が韓国の情勢をよくご理解いただき我が国の要望を正しく
本国に伝えてくださっていることを、私たちは大変ありがたく思っていま
す。経済企画院の面々はそのことに感謝の意を表してそう呼んでいるので
すよ。

金山 大使: はあ、そうなんですか? 名字が変わってしまうのは、ちょっと困ります
が…。

[一同笑いに包まれる。]

金鶴烈: 製鉄事業に関して、我々は性急すぎるとお思いですか?

赤沢 局長: 若干そういう面もなくはないかと…。

金鶴烈: 朴 大統領はこの事業を早急にとり行うべきだと考えています。佐藤総理

のように、能力と人格を兼ね備えて韓国のことをよく理解されている方が
その職にいらっしゃるうちに成し遂げなければならないと考えているので
す。次の総理大臣が佐藤総理のように韓国をよく理解してくださるとは限
りませんから。

赤沢 局長: よくわかりました。

金鶴烈: 我が国の朴正煕、貴国の佐藤英作、この二人の傑出したリーダーが韓国と
日本で同時に現われたことは両国にとって大きな幸運です。そんな幸運が
なかったら、韓国と日本が過去を果敢に整理し、未来を指向しながら協力
関係を結ぶことは難しかったはずです。

金山 大使: おっしゃるとおりです。

金鶴烈: 二人の秀でたリーダーが自国を導いている時代に、我が国の実務者たちが
協力の礎を築いておこうとすることは間違っていないと思いませんか？

金山 大使: ええ。私もずいぶん前からそう考えていました。

金鶴烈: ついビジネスの話に熱が入り過ぎて、お客様の接待が疎（おろそか）にな
っていました。大事なお客さまをお招きしたのですから、私が歌を歌いま
しょう。

[拍手が湧き起こる。]

金鶴烈: 私が太平洋戦争に学徒出陣した当時、陣の中でよくこの歌を歌ったものです。皆の心が通じ合い、もの悲しい気分も手伝って、たいていは合唱になりました。

[金鶴烈が『荒城の月』を歌う。]

　　　春高楼の花の宴（えん）
　　　巡る盃（さかずき)影さして
　　　千代の松が枝（え)分け出（い)でし
　　　昔の光今いずこ

[金鶴烈が二節を歌うと、日本の人々が一緒に歌う。]

　　　秋陣営の霜の色
　　　鳴きゆく雁（かり)の数見せて
　　　植うる剣（つるぎ)に照り沿ひし
　　　昔の光今いずこ

[拍手が湧き起こる。]

金鶴烈: 土井晩翠の詩ですが、言葉にできないほど心惹かれます。もの悲しい情緒が漂う悲壮な歌ですね。

金山 大使: そうですね。元々中学校の音楽の教科書に載っていた歌なのですが、皆に愛される名曲になりました。副総理、それでは私もお返しに一曲歌いま

しょう。

金鶴烈: いいですね。

[金山が『戦友よ　誉れあれさらば』を歌う。]

　　　戦友の死骸を乗り越えて　これから　これから
　　　洛東江よ　誉れあれ　我らは進む
　　　恨みは血煙上げる敵軍を打ち破り
　　　花びらのように散っていった戦友よ　安らかに眠れ

[金山が二節を歌うと、韓国の人々が一緒に歌う。]

　　　深き茂みをかき分けて　これから　これから
　　　秋風嶺よ　誉れあれ　我らは突撃する
　　　月明り薄い峠で最後の一本分けて吸った
　　　花郎タバコの煙の中に消えた戦友よ

赤沢 局長: [金山に小声で尋ねる。]
　　　これはどういう歌ですか？

金山 大使: 曲名は『戦友よ　誉れあれさらば』というのですが、朝鮮戦争で共産軍と
　　　戦った韓国軍兵士の歌です。倒れた戦友の死骸を乗り越えて進みながら歌
　　　う悲壮な歌です。侵略してきた敵軍を撃退するという固い決意が込められ
　　　た歌ですが、同時に戦争の悲惨さも伝わってきます。だから、この歌を聞

く度に心が締めつけられるようです。

赤川 局長: そうでしたか。

[一同に向かって、]

金山 大使は貴国のことをいろいろご存じですが、私はよく知りませんでした。それでも今回、貴国を訪れて多くのことを学びました。個人は隣人が気に入らなければ、引越すこともできます。しかし、国はそうはできません。地理は変えることのできない絶対条件です。だからこそ、努力してよき隣人にならなければなりません。貴国と日本がよき隣人となるために、日本が何をしなければならないか、私は今回、いろいろ思うところがありました。

[お辞儀をする。]

[拍手が湧き起こる。]

金鶴烈: 本当にすばらしいお話でした。

[杯を取り上げながら、]

両国の永遠の友情のために乾杯しましょう。

[皆が杯を持って叫ぶ。]"乾杯。"

[金鶴烈が半分飲んだ杯を持ちながら立ち上がって 、『乾杯の歌』(※ヴェルディの歌劇『椿姫』より)を歌う。]

Libia mo libia mo,

ne' lieti calici

che la bellezza in fiora,

[皆が立ち上がって一緒に歌いながらダンスをする。]

e la fuggevol,

fuggevol

o ra s'innebri

a vo lut ta!

…。

# 15章

1969年末。青瓦台の応接室。

『遠き山に日は落ちて』（※ドボルザークの交響曲第９番『新世界より』から)が流れる。

[朴 正煕大統領が金山 在韓日本大使と談笑している。]

朴正煕: うちの経済企画院の職員たちが大使を"金大使"と呼んでいるという話を聞きました。恐縮です。

金山 大使: [深々とお辞儀をする。]

ありがとうございます、閣下。経済企画院の優秀な方々と働くのは実に嬉しいことです。私のほうで教わることもたくさんありますので。

朴正煕: 誰もが無理だと言って止めさせようとした総合製鉄事業を、私がブレずに推進できたのも、優秀な職員が助けてくれたからです。この…

[金鶴烈を示しながら]

金鶴烈 副総理は私にとっての諸葛亮で、あそこにいる、

[朴泰俊 浦項総合製鉄社長を示しながら、]

朴泰俊 社長は關羽なのです。


金山 大使: 閣下の人を見る目には感服いたします。このように立派な補佐役が二人
もいらっしゃれば、浦項総合製鉄事業は必ずや成功するでしょう。


朴正熙: [にっこり笑いながら、]

劉備が大きな助けを借りた人物がもう一人いました。 諸葛亮の兄の諸葛瑾
です。金山 大使もご存じだと思いますが、諸葛瑾は蜀漢ではなく呉国に仕
えていました。そして、蜀漢と呉国間の関係がうまく維持できるよう働い
たのです。私にも諸葛瑾がいますよ。

[金山 大使を示しながら、]

それがまさに"金大使"なんです。


金山 大使: [驚いた表情で腰を曲げてあいさつする。]

そんなふうに言っていただいて… 感謝の言葉もありません。


朴正熙: ご承知のとおり、ここに至るまでの間、在日の韓国同胞たちが我が国の経
済発展に大きな力を貸してくれました。しかし、総合製鉄事業は日本経済
界の積極的支援を受けなければ実現しない大事業です。ぜひとも大使のお
力をお借りしなければなりません。

[手紙が入った封筒を渡しながら、]

これは佐藤総理に向けた私の親書です。浦項製鉄建設に関して佐藤総理か
らよい返事を引き出すまでソウルに戻らないくらいのお気持ちで、大使に

はがんばっていただきたいのです。


金山 大使: [腰を深く折ってあいさつをし、少しかすれた声で言う。]

　　　閣下、よくよくわかりました。力の限り努力して再びソウルに戻って参ります。


　　　[舞台の照明がだんだん消えていく。]


[スポットライトが灯って、ナレーターが登場する。]


ナレーター: 東京に戻った金山 大使は、朴正熙 大統領の親書を、外務省を通さずに直接佐藤総理に渡しました。佐藤総理は"製鉄はだめだと言ったはずだが、またその話かね"と否定的な態度を見せました。金山 大使は朴 大統領の確固たる意志を説明し、この件に関しては自分に一任してほしいと説得しました。佐藤総理の許しを得ると、金山大使はさっそく八幡製鉄所の会長に会いに行きました。会長は金山 大使の話を聞くと、"ネジ一つ作れない国が…、何が製鉄所だ"と冷やかに笑いました。金山 大使は"1897年当時、日本もそう言われたと聞いています"と切り返し、"そう小馬鹿にせずに、何とか手助けする道を捜していただきたい"と説得しました。


　　　ついに、朴 大統領の決意と金山 大使の献身的努力が実を結びます。そして、1970年4月1日に浦項製鉄所の着工式が行われ、朴正熙 大統領と金鶴烈 副総理、朴泰俊 社長が、海に臨む浦項の大地で製鉄所建設を高らかに宣言したのです。3年後の1973年7月には、粗鋼年産103万トンの浦項製鉄所1号機の竣工式が行われ、浦項製鉄所の建設を支援した佐藤総理は国賓

として招かれました。

1997年に金山 大使が亡くなった時、彼は遺骨の一部を韓国の地に埋めてほしいという遺言を残しました。"あの世でも日韓友好に尽くしたい"という遺志により、遺骨の一部が韓国坡州のカトリック墓地に埋葬されました。

彼の人生をある詩人が詩にしました。

[画面に詩が映し出され『遠き山に日は落ちて』が静かに流れる。]

[解説者が朗読する。]

大使 金山政英

終りが初めを見せてくれる。
自分の遺骨の一部を
彼はここ坡州の地に埋めた。
半世紀も前の話だ。
朴正熙 大統領が製鉄所を建てようと思った時
アメリカもヨーロッパも首を縦には振らなかった。
持てるものと言えば貧乏だけという国が
身の程知らずだと言われた。。

朴 大統領は最後に日本に手を差し出した。
そして在韓日本大使に言った、

"大使が手伝ってくれなければどうにもならないのです。

浦項製鉄建設に関して

日本の総理大臣からよい返事をもらうまでは

ソウルに戻らないくらいのお気持ちで、がんばってください。"

"自国の利益のためには

嘘もつきなさい"と言われて

外国に派遣された正直な人

そんな大使が

駐在国の元首からそんな頼みを受けたら、

一体どうすればよいというのか？


ここが第二の故郷だと思っていたから、

不誠実なことはできなかったのだろう。

初めが終りを示している。


[朗読が終わりに近づくと、『遠き山に日は落ちて』の音が大きくなる。]

[坡州にある金山大使の墓所の写真が画面に大きく映し出される。]

# 16章

1970年初頃。青瓦台の大統領接見室。

『マイウエイ』の曲が流れる。


民主共和党の幹部たち、主要閣僚たち、そして大統領の主要秘書官たちが集まっている。

[朴正熙 大統領が決然とした表情で言う。]


朴正熙: 皆さん、私たちが革命を起こしたのち、我が国は大いに発展しました。60年代は貧困から脱するのが目標でした。70年代の目標は、重化学工業を起こして先進諸国の仲間入りをすることです。

[少し間を置いて、]

この目標を達成するのは容易なことではありません。北朝鮮の挑発は以前に増して激しくなってきている。こんな状況では"闘いながら働き、働きながら戦おう"というスローガンの下で進むしかないのです。皆さん、心からお願いする。一致団結してがんばってください。

[人々が拍手する。]
[朴正熙 大統領が集まった一人ひとりと握手する。]

[金鶴烈 副総理兼経済企画院長官が朴正熙 大統領に近づいて小声で報告する。]
[朴正熙 大統領がうなずく。]
[金鶴烈が部屋の入口に向かい鄭周永 現代建設社長を従えて入って来る。]

鄭周永: 閣下、お元気でしたでしょうか？

朴正熙: [嬉しそうに迎えながら、手を差し出す。]
　　　ご苦労さま、鄭 社長。工事は順調に進んでいると報告を受けています。

鄭周永: はい、閣下。閣下が叱咤激励してくださったお蔭で、高速道路の工事は順
　　　調にはかどっています。このまま行けば、当初の目標より６ヵ月程早く竣
　　　工できそうです。

朴正熙: まったくもってよい知らせだ。
　　　[また手を差し出して鄭周永の手を握る。]

鄭周永: 堂峠(現在は沃川)トンネル工区が一番難しかったのですが、その難工事がや
　　　っと終わりました。高速道路工事はほぼ終わったも同然です。

[人々が拍手する。]

朴正熙: ご苦労をかけました。 堂峠（現在は沃川）トンネル工事が特に大変だった

んでしょう？

鄭周永: はい、閣下。ちょっと大変でした。くぐれば、崩れて、くぐれば、崩れ
　　　　て…

朴正熙: 崩れれば、人々がたくさんけがをしたはずなのに。

鄭周永: [おごそかで静かな顔で、]
　　　　はい。 堂峠トンネルに限って十一人が死にました。

朴正熙: 十一人…
　　　　[首を下げてしばらく黙念する。]


人々が皆黙念する。
モーツァルトの <鎮魂曲> 調子が流れる。


朴正熙: [もたげて一座を見回す。]
　　　　皆ご苦労様でした。鄭社長を含め、多くの建設要員たちのご苦労なのは今
　　　　更話すのもなくて、法案を通過させるために努力した民主共和党のみなさ
　　　　んは特に大変だったと思います。
　　　　[回想するような表情で、]
　　　　初めは皆反対だったでしょう。野党は言うまでもなく、新聞も各紙こぞっ
　　　　て社説やら論説やらで反対していたものだ。やれ経済性がないとか、やれ
　　　　財源がないとか…
　　　　[拳を握りながら、]

それでも我々は屈せずにここまで来たのです。国を建てる道は道を造ることから始まると信じて。

[ふっと柔らかな声になって、]

もちろん無理をしたこともありました。しかし、大事を成すときに、無理がよらない場合がありますか？高速道路工事のため、他の事業は立ち枯れるという話が出て。気を付けるとしたが、険難な工事で命を失った方々も多くて…

[鄭周永を向けて、]

命を失った方々が皆何人でしょうか？

鄭周永: 皆七十七人です。

朴正煕: [一息を吐き出して、]

七十七人。大事を成すときに、無理をせずに済むわけがない…

[決然としている顔色で]

それでも私たちはやりこなしました。これから現実となる高速道路が我々の信念と決断が正しかったことを証明してくれるだろう。歴史は証言してくれるはずです、我々がどんな道を作ったかということをね。

[盛大な拍手が起こる。]

[ダンサーたちが入ってくる。]

[朴正煕大統領が一歩前に出ながら『マイウエイ』を歌う。
そして控えめな小さな身振りでダンスをする。

その後から皆がダンスをする。]

And now, the end is here

And so I face the final curtain

My friend, I'll say it clear

I'll state my case, of which I'm certain

I've lived a life that's full

I traveled each and every highway

And more, much more than this,

I did it may way

Regrets, I've had a few

But then again, too few to mention

I did what I had to do

And saw it through without exemption

I planned each charted course,

Each careful step along the byway

And more, much more than this,

I did it my way

[朴正熙の身振りが踊る人々の身振りに合わせて大きくなる。
皆、朴正熙と一緒に歌う。]

Yes, there were times, I'm sure you knew

When I bit off more than I could chew

But through it all, when there was doubt

I ate it up and spit it out

I faced it all and I stood tall

And did it my way


[しだいに明かりが暗くなっていく。]


I've loved, I've laughed and cried

I've had my fill, my share of losing

And now, as tears subside,

I find it all so amusing

To think I did all that

And may I say, not in a shy way,

"Oh, no, oh, no, not me,

I did it my way"

For what is a man, what has he got?

If not himself, then he has naught

To say the things he truly feels

And not the words of one who kneels


[ほとんど真っ暗になる。]


The record shows I took the blows

And did it my way!

Yes, it was my way

# 終章

[闇の中に『なつかしき金鋼山』の曲が流れて、字幕が出る。]


ある人々は生まれながらにして偉く

ある人々は偉さを自ら実現し

ある人々は偉さを引き継ぐ


国が行く道を切り拓いたことで

貧しい家の息子 朴正熙は

自ら偉さを実現した


<幕が下りる>


[閉幕の音楽が流れる。]


『マイウエイ』

『先駆者』

[最終的なエンディングの音楽が流れる。]


『鍛冶屋の合唱』（※オペラ『イル・トレヴァトーレ』より)
『ラデツキー行進曲』（※ヨハン・シュトラウス作曲)

## あとがき

　韓国には、現代史に大きな足跡を残した人物や、歴史の転換期に多大な影響を及ぼした人物を描いた芸術作品がほとんど見当たりません。また、そういう人たちの伝記が出版されることもあまりありません。理念的に対立する人たちに寛大ではないという社会風土が最大の要因なのでしょう。ちょっとした欠点や過誤を途方もなく膨らませて、国のために尽力した人の一生を覆い隠してしまう傾向は、看過できるレベルではありません。芸術の世界では理念の対立が特に激しいため、偏向に拍車がかかっているのでしょう。

　ともあれ、芸術家と呼ばれる人々が現代史の重要な人物を扱うのを避け、彼らの生涯と役割に対する芸術的理解を放棄してしまったら、その社会は自己を省察する重要な手段の一つを失うことになるでしょう。芸術的視点から行われる省察は他のものでは代えがたいので、それがなければ己のアイデンティティに対する社会的な認識は薄っぺらなもになってしまいます。現代社会に溢れる軽薄さの根源はそこにあるのではないかと私は考えています。

　朴正熙 大統領は大韓民国の歴史上、特に偉大な人物です。彼の役割があまりにも重要で、その業績があまりにも大きかったため、彼の人生を掘り下げた芸術作品がほとんどないという事実は私をとても切ない気持ちにさせます。。

『朴正熙の道』という題名が示すように、この作品は朴正熙 大統領が国民に示した道に焦点を合わせています。彼が示した道は海外へと伸びていきました。その道が正しい道だったからこそ、我が国は経済を発展させ最終的に自由で豊かな社会を実現させることができたのです。

海外に伸びた道が最初に通ったのは日本でした。地理条件は国の宿命なので、それは自然なことでした。日本は19世紀後半から西洋文明が東アジアに入って来る導管の役割を果たしていたため、歴史的にも文化的にも、日本経由で海外に出ていくほうが容易だったのです。こうした認識に基づいて、朴 大統領は両国の国交正常化を模索しました。

その決断がいかに大変だったのか、そして実行がいかに困難を極めたのか、韓日修交に反対した"6.3世代"（1964年の6.3韓日会談反対集会に参加した世代)に属する私は現場でそれを見てきました。朴 大統領が成した大きな業績の中で韓日修交は最高のものです。大統領就任後に、いち早く取り組んだのがこの問題でした。

朴 大統領の決断がなかったら、両国はいまだに国交を回復できていなかったでしょう。それは、国が進まなければならない道をはっきりと認識してその道へと国民を導くことができるリーダーだけが成し得る仕事だったのです。当時は存在しなかった"慰安婦少女像"の問題が近年になって生じ、両国の間に絶えず摩擦を起こしていることを考えると、彼の偉大さが浮き彫りになります。そして、韓国と日本が協力し合えないことが我々にどのような惨 (みじ)めさをもたらしているのか？という問いの答えは、今や強大な国となって東アジアに君臨しようとする中国の行動が雄弁に物語っているでしょう。

しかし、修交は一方的な行為ではないため、両国の修交は朴 大統領の意志だけで成すことのできる問題ではありませんでした。幸いにも、当時の日本では佐藤栄作 総理大臣という卓越した指導者が国を率いていました。彼は韓日修交の大切さだけでなく日本に対する反感が強い韓国という国を率いる朴 大統領の立場を充分

に理解し、適切に対応してくれました。

　二人の偉大な指導者による協力関係は浦項総合製鉄所の建設で多大な成果を出しました。他の先進国が韓国の総合製鉄事業を貧しい国の白日夢だと考えた時、日本の政府と製鉄企業は朴 大統領の訴えに耳を傾け、支援を惜しまなかったのです。その過程で大韓民国は忘れることができない友を得ました。金山政英 在韓日本大使の献身的な行動がなかったら、朴 大統領の強い意志によって浦項総合製鉄所が出来たのだと誇ることはできなかったでしょう。金山 大使の記憶は両国間の歴史の水路に沈殿するわだかまりを今も静かに洗い流してくれています。彼と一緒に働いた経済企画院の幹部職員たちが"金大使"と呼んだ彼の霊前にこの小さな作品を捧げます。

　申惠媛 教授や梁在英 教授など、多くの方々のご苦労により、立派な日本語シナリオも出来上がりました。申 教授、梁 教授と一緒にご尽力くださった皆様に心より感謝の意を表します。そして、丁寧に日本語監修と事実確認をしてくださった浅岡雅子先生と浅岡伴夫先生ご夫妻にも、心から感謝の言葉を申し上げます。また、両国の経済協力に関する貴重な資料を提供してくださった金廷洙 博士にも感謝しております。金鎭述 代表の友情と職員の皆様のご苦労のお蔭で、満足のいく本に仕上げることができました。

2016年9月

卜 鉅一

# 아마추어 연출자의 회고

작가는 고독한 직업이다. 더러 팀을 이루는 작가들도 있지만, 작가들은 대개 혼자 글을 쓴다. 공연은 많은 사람들의 협업이다. 작은 연극 하나 무대에 올리려 해도, 보기보다 많은 사람들이 참여한다. 그래서 작가가 공연을 직접 하는 경우는 드물다.

본업이 작가인 내가 연극 공연을 하게 된 계기는 '문화미래포럼'에 참여한 일이었다. 노무현 정권 시절인 2006년 문화예술계의 지나친 좌경화를 걱정한 문화예술인들이 모여서 만든 그 단체는 회원들 다수가 연극이나 무용에 종사한 분들이었다. 그런 인적 자산을 활용하려고, 나는 서둘러 연극 공연에 나섰다.

## 그라운드 제로

첫 작품은 2007년 6월에 대학로의 동덕여대 대극장에서 공연된 〈그라운드 제로〉였다. 당시 우리 문화계는 김대중 정권의 '햇볕 정책'을 지지했고 북한의 핵무기 개발에 대해 걱정하는 작가는 없었다. 젊은 세대는 북한 핵무기가 "통일되면 우리 것이 된다"고 여기는 상황이었다.

연극 공연은 세미나를 열고 성명서를 발표하는 시민단체들의 통상적 활동과는 차원이 다르다. 다행히, 전국경제인연합회(전경련)의 조건호 부회장과 박찬호 사회협력본부장, 그리고 삼성 그룹의 상영조 전무의 배려로 목돈이 들어가는 공연을 할 수 있었다.

원로 연극인 정일성 선생님이 연출을 맡았고 뛰어난 배우 손봉숙 씨가 주연했다. 문화미래포럼 연극 분과 여러분들의 지원 덕분에 연극과는 거리가 멀었던 내가 첫 공연을 무난히 마칠 수 있었다.

공연의 목적이 그러했으므로, 나로선 학생들에게 연극을 보여주고 싶었다. 마침 열정적으로 시민운동을 하던 두영택 교수의 주선으로 중학생 관객들을 모실 수 있었다. 토요일 오후 혜화역에서 내렸더니, 책가방을 멘 여학생들이 삼삼오오 낙산 쪽으로 올라가고 있었다. 그 여학생들이 모두 우리 공연장 안으로 들어가는 모습이 꼭 집으로 들어가는 개미들 같았다. 그날은 극장이 여학생들의 재잘거림으로 가득했고 자리가 모자라 보조의자들까지 동원되었다. 덕분에 아마추어 제작자가 '만석(滿席)의 기쁨'이 무엇인지 알게 되었다. 공연을 보고 난 여학생에게 "어땠어요?"하고 물었더니, "재밌었어요"라는 대답이 냉큼 나왔다. 그때 나는 문학평론가들의 찬사를 들었을 때와는 묘하게 다른, 어쩐지 훨씬 직접적으로 느껴지는, 흐뭇함을 맛보았다.

당시 사회 상황에선 북한 핵무기를 드러내놓고 경계한 연극이 공연되었다는 것만으로도 관심을 끌었다. 덕분에 많은 분들의 격려를 받았다. 특히 김상철 변호사는 "우파에서도 이런 연극을 하다니…" 하면서 연신 감탄했다. 김 변호사는 일찍부터 우파 시민운동을 이끌었고 그의 너무 이른 서거는 우파 시민운동의 큰 손실이었다. 다행히 그가 발행한 '미래한국'은 어려운 여건 속에서도 대한민국 보수를 대변하는 매체로 발전했다.


아, 나의 조국!

2010년 봄엔 국립극장에서 악극 〈아, 나의 조국!〉을 공연했다. 북한에 불법적으로 억

류된 국군 포로들 가운데 맨 먼저 탈출한 조창호 중위의 일생을 그린 작품이었다.

2006년 11월 20일 조창호 중위가 서거했을 때, 그의 장례는 초라했다. 정권 수뇌부는 북한 정권 눈치를 보고 군 수뇌부는 좌파 정권 눈치를 보면서, 영웅의 죽음을 외면했다. 나는 분개해서 〈영웅을 묻으며〉라는 글을 썼다.

이제 우리는 그 영웅을 묻는다. 국군장도 아니고, 육군장도 아니고, 이름조차 낯선 '향군장'으로. 재향군인회는 규모도 크고 공적 성격을 짙게 띤 조직이다. 그래도 대한민국 국군의 공식 기구는 아니다. 대통령은 말할 것도 없고 국방장관도 현역 장군들도 참석하지 않는 영결식에서 예비역들만 참석해서 영웅의 죽음을 안타까워했다.

이럴 수가 있는가? 죽음과 여러 번 맞선 전쟁 영웅에 대한 이 초라한 대우가 가슴을 저리게 한다. 안타까움으로, 그리고 부끄러움으로. 그 초라한 장례에 우리의 참된 모습이 비친다. 우리는 영웅을 동료 시민으로 가질 도덕적 자격이 없는 사람들이다.

1차 세계대전의 '갈리폴리 전투'에 참가했던 마지막 노병 앨렉 캠벌이 103세로 죽었을 때, 호주 전역에는 반기(半旗)가 내걸렸고, 그의 국장에 참가하기 위해 호주 수상은 중국 방문 일정을 단축해서 귀국했다. 영웅들을 기리지 않는 사회의 앞날이 어떻게 밝을 수 있겠는가?

〈그라운드 제로〉의 공연으로 적잖이 지친 몸과 마음을 추스르자, 나는 바로 조창호 중위의 삶을 그린 희곡을 써서 〈아, 나의 조국!〉이라 이름 붙였다. 그 제목에 우리 사회에 대한 나의 환멸이 담겼다.

아, 하나님. 하나님. 이것이 제가 그리도 그리워한 조국입네까? 지옥 같은 북한 땅에서 사십 삼년 동안 그리워한 조국입네까? 나라를 지키다 적군에게 붙잡혀 반 세기 넘게 지옥 같은 땅에서 살아온 국군 포로들을 그냥 내버려두는 나라를 과연 나라라 할 수 있습네까?

북한 땅엔 아직도 국군 포로들이 많이 남아있고 그들을 데려와야 한다고 주장하는 조창호 중위를 남북한 교류에 방해된다고 정보기관 요원들이 저지하자, 조 중위가 하늘을 우러르며 하소하는 대사다.

내 희곡을 보자, 사무처장으로 문화미래포럼의 안살림을 맡아 수고한 작곡가 왕치선 교수가 내게 아예 연출까지 맡으라고 권했다. 다른 극단에 맡겨서 공연하는 일에 따르는 어려움들을 직접 해결한 경험에서 나온 얘기였다. 문화미래포럼이 문학, 음악, 미술, 연극, 영화, 무용을 아우르고 각종 공연들을 실제로 하는 회원들이 많았으므로, 비현실적 얘기는 아니었다. 다른 회원들도 찬동했다. 그래서 혼자 글을 써온 내가 연극을 연출하게 되었다.


말이 연출이지, 내가 실제로 한 일은 거의 없었다. 공연의 취지를 설명하고 여성국극으로 만들겠다는 뜻을 밝힌 것뿐이었다. 이왕 연극을 하기로 했으면, 내 나름으로 혁신을 통해서 기여하겠다는 생각이 들었고, 궁리 끝에 나온 것이 여성국극의 부활이었다.

여성국극은 모든 배역들을 여배우들이 맡는 연극이다. 1950년대에 아마도 장정들은 모두 군대에 가서 남배우들이 드물었다는 사정이 반영되어 나온 형식이었는데, 이내 공연의 주류로 자리잡았었다. 그러나 영화가 보급되면서, 차츰 쇠퇴했고, 이제는 일흔 넘긴 노인들의 기억 속에만 남아있다. 남배우들로 꾸며지는 고전극 -우리나라의 남사당패, 중국의 경극, 일본의 가부키, 유럽의 중세 연극- 의 전통과는 다른 우리 현대극의 고유한 전통이다.

처음엔 단원들이 여성국극에 대해 회의적이었다. 서양의 발전된 기법들을 다 도입한 터에, 굳이 오래 전에 잠시 나타났다가 사라진 '저급' 공연 형식을 도입하려는 것을 이해할 수 없다는 얘기였다. 그래도 여성국극이 성공할 것 같다는 묘한 자신감이 들어서, 여배우들이 모든 배역들을 맡는 방안을 고집했다. 원래 예술에 대한 내 생각은 수더분한 편이다. 문학은 '운동'에 복무해야 한다는 좌파 문학 이론이 문단을 덮어서 대중문화를 폄하했던 시절에도 나는 대중문화를 옹호했었다.

오든은 언젠가 "예술은 사소한 것이다(Art is small beer)"라고 토로한 적이 있다. 중요한 것은 가족을 돌보고 친구들에게 폐를 끼치지 않는 것과 같은 일상적 미덕이라는 얘기였다. 오든처럼 위대한 시인이 그렇게 생각했다면, 나로선 보탤 말이 없다. 결국 '저급' 장르로 여겨진 여성국극은 관객들의 호응을 얻었고 '전통의 성공적 부활'이라는 예술적 평가도 받았다.

내가 공연에 대해 전혀 모르니, 일이 제대로 나아갈 리 없었다. 그러자 이성봉 씨가 팔을 걷고 나섰다. 그는 공연 기획에 뛰어났고 대규모 공연을 성사시켜서 흥행사로 이름을 얻은 터였다. 공연장을 잡는 것이 당장 급했다. 이성봉 씨는 국립극장측이 하늘극장의 시설 정비를 위해 사흘을 비워둔 것을 발견하고서, 임연철 극장장에게 그 사흘을 쓰도록 해달라고 졸랐다. 임 극장장은 동아일보에서 오래 근무한 언론인인데, 번거로움을 마다하지 않고 정비 일정을 조정해 주었다. 덕분에 내가 연출한 첫 작품이 국립극장 무대에 오르게 되었다.

내가 배우들의 연기를 지도할 수 없으니, 그 일을 할 사람이 필요했다. 조연출 안지애 씨가 열심히 일했지만, 혼자서 감당하기 어려웠다. 그래서 이성봉 씨의 주선으로 서희승 씨를 초빙했다. 그는 이해랑연극상을 받은 중견 배우였는데, 불행하게도, 말기암을 앓는 처지였다. 몸이 야위고 기운이 없어도, 배우들의 연기를 지도할 때는 목소리와 몸짓에 열정이 배어 나왔다. 공연 직전 병세가 갑자기 악화되어, 그는 자신이 마지막으로 정성을 쏟은 작품의 공연을 보지 못하고 서거했다.

뮤지컬은 연극에 노래와 춤을 보탠 것이다. 당연히 연극이 바탕이지만, 현실적으로 관객들의 마음을 잡는 데는 춤이 제일이고 노래가 다음이다. 안무는 최유진 씨가 맡았는데, 주제와 노래에 잘 맞는 안무로 공연의 성공을 떠받쳤다.

내가 고른 노래들은 6·25전쟁 전후로 널리 불린 대중가요들이었다, "전우의 시체를 넘고 넘어 앞으로 앞으로…"로 시작되는 〈전우야 잘 있거라〉가 주제가 격이었다. 관객들에게 가장 호소력이 컸던 노래는 〈불효자는 웁니다〉였다. 조창호 중위가 돌아와서 부모님 산소 앞에 엎드려 이 노래를 부를 때는 관객들이 눈시울을 붉혔다. 부모님께서 돌아가시면 누구나 회한이 어리게 마련이어서, 조 중위의 슬픔에 자신의 회한이 얹히는 듯했다. 노래 지도는 음악감독 황승경 박사가 열성적으로 해주었다. 황 박사는 이탈리아에서 오래 활약한 성악가인데 문화미래포럼 사무처장을 맡아서 자연스럽게 공연의 안살림을 맡게 되었다.

갑작스레 사람들 모아서 하는 공연인지라, 수많은 분들로부터 크고 작은 도움들을 받아야 했다. 특히 정진수 교수와 정용탁 교수 두 분의 지속적 도움이 큰 힘이 되었다. 정진수 교수는 일찍부터 연극에 종사해서 우리 연극의 발전에 크게 기여했다. 정 교수가 오랜 세월 쌓은 경험과 인맥을 내가 그냥 빌려 쓴 셈이다. 정용탁 교수는 영화계의 원로로서 정진수 교수의 뒤를 이어 문화미래포럼을 이끌었다. 문화미래포럼의 결성에서 주도적 역할을 한 윤정국 씨도 많은 도움을 주었다.

주연인 조창호 역은 성경선 씨가 맡아서 열연했고 그의 연인 이신옥 역을 맡은 박혜진 씨는 청순한 여인의 모습으로 관객들의 사랑을 받았다. 중견 배우들인 손해선 씨와 최정현 씨가 노련한 연기로 연극을 떠받쳤다. 경인여대의 배려로 연기 전공 학과 신입생 다섯 사람을 받아들였는데, 그들 가운데 김소희 씨와 정다운 씨는 배우의 길을 걸었다.

2010년 3월 5일 드디어 〈아, 나의 조국!〉이 국립극장 무대에 올랐다. 잘못될 수 있는 것들이 너무 많아서, 전날 밤엔 걱정으로 잠이 오지 않았다. 무엇보다도, 텅 빈 객석의 모습이 악몽처럼 어른거렸다. 다행히, 700석 가량 되는 객석이 다 찼다. 이런 성공은 재향군인회장 박세환 장군의 배려 덕분이었다. 조창호 중위의 장례를 '향군장'으로 치렀다는 인연에다 6·25전쟁 60주년 기념 공연이라는 점도 있어서, 박 장군께선 우리 공연에 큰 관심을 보이셨다.

국립극장에선 여섯 차례 공연했는데, 공연이 끝나면, 연세 많으신 관객들께서 치하하셨다. 싸움터에 서셨던 노병들께서 내 손을 잡고서 고맙다고 치하하시면, 겪었던 어려움들이 말끔히 씻겨나가고 흐뭇함이 묵직하게 자리잡았다.

공연엔 공연 담당 기자들이 오지 않았다. 이념적 지향이 너무 뚜렷한 작품이어서 예술적 품격이 낮으리라는 선입견도 있었을 것이고 여성악극이라는 형식이 '저급'이라는 편견도 작용했을 것이다. 대신 방송국의 북한 관련 프로그램이 공연을 자세히 소개했다. 이어 동아일보의 홍찬식 논설위원이 칼럼에서 호의적으로 소개해서, 단원들의 사기가 올랐다.

마지막 공연엔 백선엽 장군께서 오셨다. 조창호 중위의 미망인 윤신자 여사께서도 미국에서 먼 걸음을 하셨다.

공연이 끝나자, 장원재 교수의 즉석 제안에 따라 주연 배우가 군장을 한 채로 무대에 나와서 백선엽 장군께 귀환 신고를 했다, "육군 소위 조창호. 군번 212966. 무사히 돌아와 벡선엽 장군님께 신고합니다." 극중에선 병원에 입원한 조 중위가 국방장관에게 귀환 신고를 했다. 백 장군께서 일어나 답례하시자, 환호와 박수 소리가 극장을 가득 채웠다. 백 장군께선 바로 무대에 오르시더니 배우들의 손을 일일이 잡으시면서 치하하셨다.

이어 〈6·25의 노래〉가 나오자, 모두 목청껏 노래를 불렀다: "아아 잊으랴, 어찌 우리 이 날을…" 감정이 북받친 어린 배우들은 울음을 참지 못해서 노래를 제대로 부르지 못했다. 많은 관객들이 눈물을 흘렸고 모두 눈시울을 붉혔다.

이것이 연극의 힘이다. 대본을 심상히 넘긴 사람도 공연을 보면 깊이 감동한다. 배우들과 연습할 때, 내가 선언했었다, "조창호 중위의 삶은 영웅적이고 비극적이다. 관객들이 눈물을 흘리지 않으면, 우리 공연은 실패한 것이다." 내 얘기를 무심히 들었던 단원들이 첫 공연 뒤부터 관객의 눈물을 공연의 성공을 가늠하는 기준으로 삼았다.

연습할 때 밥집으로 삼았던 영천의 한 식당에서 식사를 하는데, 우리 단원 하나가 주인 아주머니에게 물었다, "아주머니, 우리 공연 보셨어요?"

"봤지."

"어땠어요?"

"좋았지."

"보고 우셨어요?"

"응, 울었어."

그제야 그 단원이 만족한 낯빛으로 고개를 끄덕였다.

마지막 공연이 끝난 뒤, 김문수 경기지사가 우파 시민운동의 원로들을 모신 저녁 식사 자리를 마련했다. 모처럼 좋은 연극을 보았노라고 어르신들께서 치하하셨다. 그러자 김 지사가 말했다, "여기까지는 복 선생님의 몫이고, 이 좋은 연극이 널리 공연되도록 하는 것은 우리 몫입니다." 모든 분들께서 찬동하시면서 돕겠다고 하셨다. 고마운 말씀들이었지만, 나는 크게 기대하지 않았다.

그러나 김 지사는 우리 극단의 공연을 적극적으로 지원했고, 우리는 큰 무대들에서 공연료를 받고 공연할 수 있었다. 그의 배려 덕분에 나는 적자를 메웠고, 그러고도 여유가 있어서 국립극장에서 앙코르 공연까지 했다. 대한민국의 이념과 체제를 가장 잘 이해하고 가장 올바른 정책들을 내놓은 김 지사에게 보다 큰일을 할 수 있는 기회가 좀처럼 주어지지 않는 정치 현실은 국가적 불운이다.

경기도 순회공연이 끝나자, 장원재 교수가 호주 공연을 제안했다. 한국전쟁 60주년 기념 행사로 호주 골드코스트에서 '한국전쟁 참전용사 기념공원'이 개관되는데, 그것을 축하하는 행사에 참가하자는 얘기였다. 6·25전쟁에서 호주군은 큰 역할을 했고 우리가 그들에 대해 고맙다는 인사를 제대로 한 적이 없었으므로, 나는 선뜻 받아들였다. 지방 도시의 작은 행사에 참가하는 것이었지만, 해외 공연인지라, 비용이 상당히 들었다. 손을 내밀만한 곳들엔 다 내민 터라, 막상 자금을 마련하려니, 생각보다 어려웠다. 내가 난감해하자, 장 교수 스스로 나서서 자금을 마련했다. '6·25참전 16개국 순회공연 추진위원회'를 이끄는 부창렬 위원장의 호의로 필요한 자금을 얻었다고 했다. 부 위원장의 도움 덕분에 황승경 박사를 단장으로 해서 우리 단원들이 호주에 가서 공연했다.

문화미래포럼에 참여한 뒤 내가 장원재 교수로부터 받은 도움들은 다 기억하지 못할 만큼 많다. 축구 해설가로 이름을 알렸고, 방송 진행자로 얼굴을 널리 알렸지만, 장 교수는 원래 영국에서 연극을 전공한 정통 연극인이다. 박학하고 재치 있고 정치 감각이 뛰어난 데다 인맥이 무척 넓어서, 보수 지식인들의 연결망에서 중요한 허브 역할을 해왔다. 지금은 북한 문제를 주로 다루는 '배나TV'를 운영하고 있다.


## 다른 방향으로의 진격

〈아, 나의 조국!〉의 공연이 대체로 끝나자, 나는 일본 오키나와에 주둔하는 미국 해병대의 위문 공연을 추진했다. 당시 오키나와는 미국 해병대의 비행장 이전 문제로 들끓고 있었다. 오키나와 주민들의 반미감정은 격렬해서, 문제가 깔끔하게 풀릴 것 같지 않았다. 자칫하면, 오키나와에 주둔한 미국 해병대가 미국령 괌으로 이전할 가능성도 있었다.

오키나와 주둔 미국 해병대는 유사시 한반도에 맨 먼저 투입되는 부대다. 그 부대가 오키나와에 있는 것과 괌에 있는 것 사이엔 상당한 차이가 있다. 괌으로 이전하면, 한국과의 거리가 거의 세 곱절 늘어난다. 단 십 분이 아쉬운 초기 전투에서 첫 미군 부대가 몇 시간 늦게 도착한다는 것은 작지 않은 문제다. 게다가 괌은 오키나와보다 훨씬 작아서, 비행장이나 해병대 기지를 마련하기 어렵다. 자칫하면, 미국이 동아시아에 배치한 해병대의 규모를 줄일 수도 있었다.

그래서 오키나와의 미군 비행장 문제는 궁극적으로 일본의 문제라기보다 대한민국의 문제였다. 그러나 우리 신문들엔 그 문제와 관련된 기사들이 한 귀퉁이에 남의 일로 실릴 따름이었다. 우리 시민들에게 그것이 우리 문제임을 알리는 기사는 아직 본 적이 없다.

나는 우리 시민들에게 오키나와 주둔 미국 해병대의 존재와 임무를 알리고 고국에서 멀리 떨어진 곳에서 복무하는 해병들에게 고마움을 전하고 싶었다. 물론 주한 미군 병사들을 위한 위문공연도 함께 할 터였다. 근년에 반미 감정이 커지면서, 미군 장병들과 가족들은 서울의 문화 시설을 이용하기 어렵게 되었다. 그래서 우리가 미군들을 찾아가야 하는 처지라고 실제로 위문 공연을 한 장원재 교수가 귀띔했다.

미군 위문 공연의 주제는 '장진호 전투'였다. 미국 사람들에게 '장진호 전투'는 한국전쟁을 상징하는 영웅적 전투다.

1950년 가을, 한국을 기습적으로 침공했던 북한군은 국제연합군과 한국군의 반격으로 괴멸되었다. 그 해 겨울, 전쟁에서 승리한 한국이 통일을 눈앞에 둔 상황에서 중공군이 대규모 병력으로 북한군을 지원하기 시작했다. 오랜 국공내전(國共內戰)에서 단련된 중공군은 전술과 기동에서 뛰어나서, 국제연합군과 국군은 걷잡을 수 없이 밀렸다.

당시 압록강을 바라고 개마고원으로 진출했던 미군 1해병사단은 10배 가까운 중공군에게 포위되었다. 험준한 산줄기 사이로 난 좁은 도로를 따라 진군했던 터라, 갑자기 덮친 중공군에게 해병 부대들은 동강 났다. 미국 정부는 1해병사단이 생환할 수 없을지 모른다고 걱정했고 중공 정권은 포위된 미국 해병대의 운명은 결정되었다고 선전했다. 그러나 포위되고 동강난 해병 부대들은 영웅적으로 싸워서 중공군을 밀어내고 한데 합쳤다. 그리고 장진호를 출발해서 외줄기 길을 따라 황초령을 넘어 흥남으로 철수하는 데 성공했다. 그 과정에서 포위한 중공군에게 막심한 피해를 강요했다. 병력에서 크게 열세인 부대가 후퇴하면서 승리한 전투는 역사상 전무후무했다.

연극 제목은 〈다른 방향으로의 진격(Attacking in Another Direction)〉으로 잡았다. 동강났던 해병 부대들이 한데 모이는 데 성공해서 남쪽으로 철수하려 하는데, 어느 미국인 기자가 사단장 올리버 스미스 소장에게 물었다, "장군님, 전망은 어떻습니까?"

"좋습니다," 사단장이 대꾸했다. "사단이 한데 뭉쳐있는 한, 이 세상 무엇도 막강한 공군과 포병의 지원을 받는 해병사단을 막을 수 없습니다. 그리고 지금 우리는 한데 뭉쳤습니다."

그러자 한 영국인 기자가 냉소적으로 물었다, "장군님, 그러나 당신들은 서쪽으로의 진군을 멈췄습니다. 따라서 궁극적으로 이번 흥남으로의 기동은 후퇴가 되는 것 아닙니까?"

사단장이 대꾸했다, "후퇴라니, 말도 안 돼! 우리는 다른 방향으로 진격하는 겁니다 (Retreat, hell! We're attacking in another direction.)"

고립되어 힘든 싸움을 앞둔 부대의 지휘관이 내뱉은 이 힘찬 대꾸는 곧 미국 신문들에 크게 실렸고, 장진호 전투를 상징하는 구호가 되었다.

장진호 전투를 잘 상징하는 것은 주인공이 속한 중대의 마지막 점호 장면이다. 중대장 대행인 소위가 말한다, "제관, 삼백 명이 넘는 에이블 중대 원 해병들과 그들의 대체병들 가운데, 겨우 이십구 명의 생존자들이 이 마지막 점호에 섰다. 실은, 내가 유일한 생존 장교다. 그래도 우리는 우리의 임무를 완수했다. 제관, 수고했다. 해산."

노래들은 미군 군가들, 기념곡들, 그리고 민요들을 골랐다. 주제가는 당연히 〈해병찬가(The Marines' Hymn)〉였다. 단 하나의 예외는 영화 주제가인 〈사랑은 아름다워라(Love Is a Many-Splendored Thing)〉였다. 이 노래는 전쟁 뒤에 나왔지만, 워낙 아름다운 노래인데다 첫 장면에 잘 어울려서 고심 끝에 선택했다.

이처럼 이미 나온 노래들을 중심으로 꾸며지는 뮤지컬은 '주크박스 뮤지컬'이라 불린다. 모두 창조적인 것들을 높이므로, 이 호칭엔 경멸의 뜻이 담겼다. 그래도 막상 듣기엔 그런 뮤지컬이 훨씬 낫다. 뮤지컬마다 좋은 노래들로 채울 수 없으므로, 오래 사람들의 사랑을 받은 유행가들이 듣기 좋은 것은 당연하다.

대본이 완성되자, 나는 전경련에 지원을 요청했다. 워낙 큰돈이 들어가는 일이라서, 전경련 실무자들에게 취지와 효과를 자세히 설명했다. 전경련에선 지원할 수 없다 했다. 실망스러웠지만, 뜻밖의 반응은 아니었다. 전경련 담당자들의 입장에서 보면, 내가 하는 공연은 지원하기 힘든 사업들이었다. 그들은 무엇보다도 말썽이 나는 것을 두려워했다. 그러다 보니, 말썽이 날 만한 사업들은 아예 외면했고, 지원하더라도 아주 은밀하게 했다. 그리고 되도록 많은 사업들에게 작은 금액들을 골고루 나누어주는 것을 선호했다. 그렇게 해야, 지원을 받지 못해 섭섭해 하거나 앙심을 품는 사람들을 줄일 수 있었다. 큰 사업을 지원하면, 잘못 될 경우, 책임까지 져야 했다.

우리 공연들은 이 기준들 전부에 어긋났다. 공연 때마다, 떠들썩하게 선전하고 신문과 방송에서 다루었다. 게다가 이념적 지향이 뚜렷하다 보니, 좌파 시민단체들이나 야당들의 반감을 사게 마련이었다. 워낙 큰돈이 들어가니, 다른 사업들에 영향을 미쳤다. 그리고 공연이 실패하면, 담당자들은 큰 책임을 져야 했다.

나는 유인촌 문화부장관에게 면담을 요청했다. 내가 대본을 내놓자, 유 장관은 이제 우리나라에서도 영어 공연이 나올 때가 되었다고 반겼다. 매사에 시원시원한 그는 문화부 직속 예술단이 있는데 단원들의 기량이 뛰어나니 거기 맡겨 멋진 작품을 만들어보라고 했다. 마침 문화미래포럼 대변인을 지낸 장미진 교수가 정책보좌관으로 일해서 관계자들과의 협의도 수월했다.

그러나 문화부 산하 단체와의 협력을 통한 공연은 끝내 이루어지지 못했다. 근본적 요인은 예산대로 움직이는 기관이라서 큰 공연을 갑자기 계획에 집어넣기 어렵다는 사정이었다. 정부의 보조를 받는 단체가 지니게 되는 관료주의도 거들었다.


전경련이 지원을 거절하고 유인촌 장관의 배려도 성과를 얻지 못하자, '나 혼자 힘으로는 안 되는 일인가 보다' 하는 생각이 들었다. 그래서 한 군데만 더 알아보고 미군 위문 공연을 포기하기로 했다. 그 한 군데는 강만수 장관이었다.

강 장관과의 인연은 한나라당 대통령 후보 자리를 놓고 이명박 후보와 박근혜 후보가 경쟁하던 때에 시작되었다. 강 장관은 당시 서울특별시 시정연구원장으로 이명박 후보를 돕고 있었다.

하루는 강 장관이 나를 점심에 초대했다. 인사가 끝나자, 강 장관은 이명박 후보 캠프에 참여해달라고 요청했다.

난감했다. 유력 후보의 캠프에 참여하는 것은 정치적 행로나 관직을 바라는 사람들에겐 좋은 기회다. 혼자 글을 쓰는 나로선 얻을 것 없이 시간만 뺏길 터였다. 강 장관의 요청을 점잖게 거절할 구실을 찾다가, 얼떨결에 말했다, "강 원장님, 저는 이명박 후보도 박근혜 후보도 훌륭하셔서 어느 분이 되셔도 좋다고 생각합니다. 제가 걱정하는 것은 경선에서 패배하신 분이 한나라당을 떠나는 사태입니다. 저는 그런 사태를 막는 일을 하고 싶습니다."

그러자 강 장관의 얼굴에 노기가 어렸다. "그러면, 복 선생님은 이명박 후보가 탈당하리라고 생각하시는 거죠?"

강 장관의 짐작대로, 나는 한나라당을 위기에서 구한 박 후보보다는 당에 내린 뿌리가 깊지 못한 이 후보가 탈당할 가능성이 크다고 생각했던 터였다. "실은 그렇게 생각합니다."

그러자 강 장관은 확신에 차서 말했다, "이명박 후보는 독실한 크리스천이라서, 그렇게 신의 없는 일은 안 합니다." 그리고 이 후보의 됨됨이와 생각에 대해서 얘기하기 시작했다. 할 말을 다해서 노기가 좀 풀린 강 장관은 가져온 책을 내게 건넸다. 캐나다의 프레이저 연구소에서 펴낸 보고서였다.

그때 나는 처음으로 강 장관이 경제적 자유주의에 대한 신념이 굳다는 것을 알았다. 평생 관료로 살아온 사람이 경제적 자유주의자라는 것이 반가웠지만, 어색해진 분위기를 걷어낼 수는 없었다.

그렇게 헤어진 뒤, 이명박 후보가 대통령에 당선되었고 강 장관은 재경부 장관이 되었다. 여러 해 지난 뒤, 축하 전화 한 번 하지 않았던 터에 갑자기 아쉬운 소리를 한다는 노릇이 마음에 걸렸다. '가진 돈 없이 이런 일 하려면, 낯이라도 두꺼워야지' 하는 생각으로 전화를 걸었다.

장관 재직시 강 장관은 이 대통령의 신임을 바탕으로 현실에 맞는 경제 정책을 꿋꿋이 추구해서 온 세계를 덮친 금융위기에 잘 대처했고, 덕분에 우리나라는 맨 먼저 경제 위기에서 벗어났다. 당시 그는 장관에서 물러나 국가경쟁력강화위원회를 이끌고 있었다. 전화기로 듣는 강 장관의 떨떠름한 목소리에선 예의상 전화를 받는다는 뜻이 읽혔다.

나는 미군 위문 공연 계획을 설명했다. 내 얘기를 다 듣더니, 강 장관은 알겠다고 했다. 다음날 강 장관이 전화를 했다. 전경련에 가서 상근부회장을 만나보라는 얘기였다. 그래서 결국 전경련 자금으로 공연하게 되었다. 뒷날 이 일화를 들은 우리 단원들은 동화 같은 일이 현실에서 일어났다고 감탄했다.

공연을 마친 뒤, 경과를 보고하려고 나는 강 장관을 방문했다. 당시 그는 산업은행을 맡아서 경영하고 있었다. 산업은행은 시중은행들보다 점포가 아주 적었는데, 그는 그 약점을 오히려 강점으로 삼은 영업 방식으로 크게 성공했다.

나를 맞은 강 장관은 얼굴이 상기되고 부은 듯했다. 마음이 딴 데 가 있는 것처럼, 내 얘기를 그저 듣기만 했다. 사람이 갑자기 변한 듯했다. 나를 배웅하러 승강기 앞에 서서야, 갑자기 정신이 돌아온 듯, 이것저것 물었다.

얼마 뒤 그가 딸을 잃었다는 것을 알았다. 딸을 그리는 그의 시를 거듭 읽으면서, 그렇게 깊은 슬픔엔 어떤 위로도 도움이 되지 않는다는 사실만을 반추했다. 그리고 다시 얼마 뒤에 그가 아이들의 교육에 대해 쓴 글에서 그가 딸이 남긴 외손녀를 키우고 있다는 것을 알았다. 그리고 다시 세월이 흘러, 그는 뇌물을 받았다는 죄목으로 감옥에 갇혔다. 그는 평생 나라를 위해 일했고 잘못한 적이 없다고 밝혔지만, 검사는 7년형을 구형했다.

산업은행은 원래 정권마다 정책 수단으로 삼는 기관이다. 김대중 대통령이 북한을 방문할 때, 마지막 순간에 북한 지도자가 돈을 내놓으라고 했다. 이미 '햇볕 정책'에 자신의 정치적 자산을 다 걸었던 터라, 김 대통령으로선 북한 방문을 중단하기 어려웠다. 결국 김 대통령은 큰돈을 몰래 북한에 보냈다. 그때 비밀불법 송금에 이용된 기구가 바로 산업은행이었고, 그 일로 경제수석비서관과 산업은행 부총재가 감옥에 갔다. 김대중 정권에 봉사했던 사람들은 그 불법적 행태도 대통령의 통치 차원에서 정당화된다고 주장한다. 산업은행은 그런 곳이다. 검찰에서 마음먹고 뒤지면, 아무리 청렴한 사람도 걸릴 수밖에 없는 곳이다.

검찰의 수사는 역설적으로 강 장관이 청렴한 사람임을 보여주었다. 검찰이 든 그의 죄과들은 산업은행 총재의 위상에 비기면 너무 사소한 것들이었다. 박근혜 정권에서 공직기강비서관을 지냈고 지금은 더불어민주당 소속인 조응천 의원이 방송에 나와 뇌물과 관련해서 한 말이 인상적이었다: "털어서 먼지 나지 않는 사람 없습니다. 갑자기 들이닥쳐 책상을 뒤지면, 공연 티켓 한 장이라도 나옵니다."

강 장관은 안목이 뛰어나고 시장경제 대한 믿음이 굳은 공무원이었다. 그리고 나라가 경제적 위기를 맞았을 때 과감한 선택으로 나라를 구했다. 한마디로 애국자다. 법정의 판결이 어떻게 나든, 평생 나라를 위해 일했고 결백하다는 그의 호소를 나는 에누리 없이 받아들인다.

아직은 어린 그의 외손녀가 철이 들어서 이 글을 읽기를 나는 간절히 바란다. 자기를 자상하게 돌봐주다 갑자기 감옥에 갇힌 외할아버지가 정말로 훌륭한 분이라는 것을 이 글에서 다시 확인하기를 바란다.


강만수 장관의 도움으로 자금을 마련하자, 나는 우선 안무가를 찾았다. 운이 닿아서, 훌륭한 무용가이자 안무가인 김수정 감독을 소개받았다. 그녀는 미리 대본을 꼼꼼히 읽고 나와서 미심쩍은 부분들을 내게 확인했다. 이어 작가가 핵심으로 여기는 장면에 대해 물었다. 나는 '황초령 아래 얼어죽은 소녀'의 이야기를 짚었다. 몇 해 뒤, 6·25전쟁의 주요 전투들을 그린 〈군세어라 금순아를 모르는 이들을 위하여〉에서 나는 그 이야기를 이렇게 썼다.


장진호에서 철수하던 미군 1해병사단을 많은 피란민들이 따라나섰다. 좁은 길 양쪽 산줄기들에 포진한 중공군으로부터 계속 공격받는 처지라, 미군은 한국인 피난민들을 돌볼 여유가 없었다. 게다가 중공군들이 피난민에 섞여 미군을 공격했으므로, 미군은 피난민들을 부대에서 떼어놓아야 했다.

많은 미군 병사들이 당시 자신들을 따라나선 피난민들을 돌볼 수 없었던 사정을 안타깝게 회고했다. 중공군의 공격보다 추위 때문에 훨씬 더 많은 사상자를 냈을 만큼 추웠던 터라, 피난민들의 고생은 말로 형용하기 어려울 만큼 컸다.

당시 1해병연대 1대대 소속이었던 윌리엄 홉킨스 대위는 중공군에 쫓긴 피란민들이 달아나다가 가족이 흩어진 경우가 많았다고 회고했다. 그는 어떤 남매가 손을 잡고 길을 가는 것을 보았다. 단발머리를 한 그 소녀는 그에게 어릴 적의 누이를 떠올리게 했다. 중공군의 공격을 받아, 부모와 헤어진 모양이었다. 조금 있다가 소녀 혼자 추위에 떨면서 오빠를 찾아 길을 거슬러 올라왔다. 소녀는 눈 속에 넘어지더니 다시 일어서지 못했다. 그는 그 소녀를 벙커 안으로 데려와 뜨거운 차와 'C레이션'을 주어 원기를 차리게 했다. 후위 작전을 맡은 부대 소속이라, 그는 그 소녀를 데리고 있을 처지가 못 되었다. 그는 안타까운 마음으로 소녀에게 다시 길을 따라 내려가라고 일렀다. 다음날 그는 황초령 아래 도로 옆에서 얼어죽은 그 소녀를 보았다.

모든 죽음은 안타깝다. 그러나 열 살이 채 못 된 어린 소녀의 외로운 죽음은 받아들이기 어려울 만큼 애처롭다. 개마고원 매서운 바람 속에 남쪽으로 남쪽으로 걸어 황초령 넘고서 끝내 기진해서 죽은, 나보다 서너 살 위인 그 소녀는 내게 6·25 전쟁을 상징한다.

그때부터 60년 넘는 세월이 흘렀다. 지금도 피란민들은 남쪽으로 온다. 늘 남쪽으로 온다.


나는 무용 부문을 따로 떼어내서 김 감독에게 전적으로 맡겼다. 무용수들을 열 명 정도 뽑아서 연습하도록 했다. 배우들을 뽑는 일이 쉽지 않으리라는 예감이 들어서, 무용만이라도 제대로 준비하고 싶었다.

예감대로 배우들을 구하기가 힘들었다. 고맙게도, 이종열 씨가 나서서 사람들을 모았다. 그는 뮤지컬배우협회의 사무처장으로 일하는 참이어서, 좋은 배우들을 알고 있었다. 아울러 그는 이용도 씨를 무대 감독으로 추천했다. 이용도 감독은 기량을 인정받은 배우였고 무대 미술에도 식견이 높았다.


가까스로 사람들을 모아 연습을 시작했는데, 정작 공연할 미군 부대와 협의를 시작할 수 없었다. 여러 경로로 위문 공연 의사를 밝힌 편지들을 보냈어도, 미군 책임자와 연결이 되지 않았다. 딱한 사정을 아시게 된 이도형 선생님께서 나를 박정기 회장께 소개해 주셨다. 이도형 선생님께선 조선일보에 오래 근무하시면서 강직하고 선구적인 저널리스트로 명성을 얻으셨다. 1989년부터는 '한국논단'을 발행하셨는데, 좌파 정권의 문제들을 보도하다 박해를 받아 재산을 다 잃으셨다. 요즈음은 월간지 '현상과 진상'을 발행하신다.

박정기 회장께선 한전을 경영하실 때 원자력 발전소를 건설하여 우리 원자력 발전 사업의 기초를 놓으셨다. 아울러, 우리나라의 육상 경기 발전에 힘을 쏟으셨고 2011년 대구세계육상선수권대회의 성공적 개최를 주도하셨다. 박 회장께선 일찍부터 주한미군과의 친선을 도모하는 단체를 이끄셨고 주한미군 수뇌부와 교분이 깊으셨다. 박 회장께서 직접 사령관에게 말씀하시자, 그 어렵던 위문 공연 부대 문제가 스르르 풀렸다.

주한 미군을 위한 첫 공연은 동두천 Camp Casey의 2보병사단 전방 여단을 위한 것이었다. 그 공연을 하기 전에 용산구민회관에서 시연회를 열어, 그 동안 도와주신 분들을 초대했다. 첫 공연이었지만, 마음에 들었다. 군복 입은 여배우들이 소총 들고 민요 〈텍사스의 노랑 장미(The Yellow Rose of Texas)〉에 맞춰 추는 춤은 특히 멋졌다. 그 뒤로 나는 영화든 뮤지컬이든 총 들고 춤추는 장면이 나오면 유심히 살폈지만, 우리 배우들의 그 춤보다 나은 것은 보지 못했다.

마침 동두천 시장의 배려 덕분에 시설이 좋은 동두천 시민극장에서 공연할 수 있었다. 그러나 동두천 공연은 기대에 못 미쳤다. 휴전선의 방위에서 가장 중요한 부대인 미군 2보병사단의 전방 여단이라서 나로선 정성을 쏟았는데, 미군들의 반응은 그리 열광적이지 않았다. 공연이 끝나고 인솔자인 준위와 식사하면서, 미군 병사들이 시무룩한 까닭을 물었다. 준위는 껄껄 웃고서, 병사들은 인솔자가 있는 것은 모두 하기 싫은 일과로 여기기 때문에 그렇다고 하면서, 자기가 보기엔 병사들이 공연을 즐긴 것 같다고 말했다. 대신 한국인 관객들의 반응은 뜨거웠다.

〈다른 방향으로의 진격〉의 주무대는 의정부 Camp Red Cloud의 2보병사단 본부였다. 그래서 이번엔 내가 직접 공연 장소를 살폈다. 사단 민사참모부에서 추천한 곳은 실내 체육관과 영화관이었다. 체육관은 무대를 설치할 수 있었는데, 공간이 넉넉지 못하고 산만했다. 영화관도 무대를 새로 설치해야 했는데, 관리자가 고개를 저었다.

내가 난감해 하자, 제작을 맡은 김병호 대표가 부대 밖에서 공연하는 방안을 제시했다. 극단 '즐거운 사람들'을 이끄는 김 대표는 아동극 분야에서 업적을 남긴 연극인인데, 공연마다 '해결사' 노릇을 했다. 갑작스럽게 공연을 하게 되면, 실질적으로 그가 도맡아 일을 처리했다.

의정부에서 문화 활동을 많이 한 김 대표는 경민대학교 강당을 지목했다. 강당의 무대가 좀 좁은데, 마침 학생들의 공연을 위해 덧대어서 우리 공연도 할 만하다고 했다. 그리고 경민대학교에 교섭해서 강당을 빌렸다. 고맙게도, 경민대학교 이사장 홍문종 의원이 적극적으로 공연 준비를 도와주었고, 교육에 좋은 작품이니 학생들도 보라고 권해서 학생들도 관람하게 되었다.

그렇게 해서, 2011년 6월 22일 경민대학교 강당에서 〈다른 방향으로의 진격〉이 공연되었다. 갑작스럽게 모인 스태프와 뜨내기 배우들이 모여 서툰 영어로 하는 뮤지컬이었지만, 두 번의 공연으로 연기도 노래도 춤도 안정되었고, 객석이 다 차고 미군 사단장까지 임석했으니, 배우들은 신명이 났고 무용수들의 몸놀림엔 힘이 배었다.

이어 '커튼 콜'에선 성조기와 태극기를 든 배우들이 〈신이여 아메리카를 축복하소서 (God Bless America)〉를 불렀다. 이 노래는 미국 사람들에겐 국가나 마찬가지다. 가사를 보면, 짐작이 간다.

While the storm clouds gather
Far across the sea,
Let us swear allegiance
To a land that's free…

바다 건너서
먹구름 몰려와도,

자유로운 이 땅에
우리의 충성을 맹세하자…


우리 배우들이 〈God bless America〉를 부르자, 미군들이 모두 일어나 우렁차게 따라 부르기 시작했다. 우리 학생들은 그 노래를 알 리 없었지만, 그래도 미국 사람들에게 중요한 노래라는 것을 깨닫고 모두 자리에서 일어났다.

이어 우리 배우들이 〈애국가〉를 부르자, 학생들이 힘차게 따라 부르기 시작했다. 미군들은 경건한 자세로 서서 애국가를 듣고.

그 모습에 내 목이 뻣뻣해졌다. 말로 설명해 보라면 더듬거릴 터이지만, 미군 병사들도 한국 학생들도 함께 이 장면의 뜻을 깊이 새겼을 터였다. 이런 감동의 효과는 크다.


무궁화 삼천리 화려강산
대한 사람 대한으로 길이 보전하세.


노래를 마치면서, 나는 속으로 생각했다, '이 자리에 선 학생들은 대한민국과 미국 사이의 관계에 대해 품었던 잘못된 생각들을 좀 씻어냈겠지.'


관제실 옆에서 공연이 무사히 끝났다는 안도감을 즐기는데, 누가 나를 찾는 소리가 들렸다. 황승경 음악감독이 나를 보더니 내려오라고 손짓했다. 미군들이 "미스터 복"하고 외치고 있었다. 그리고 보니, 무대 위에 사단장이 서 있었다.

무대에 오르니, 사회자가 공연을 주선한 나에게 사단장이 기념품을 전달한다고 관객들에게 설명했다. 이어 사단장 마이클 터커 소장이 2보병사단의 상징인 '인디언 전사(Indian Warrior)'의 흉상을 내게 건네주었다. 미리 그런 데까지 마음을 쓴 사단장이 고마웠다. 이어 사단장이 사단 마크를 새긴 코인을 내게 주었다. 그리고 무대에 선 우리 배우들에게 코인을 하나씩 나누어주기 시작했다.

흉상이 보기보다 무거워서 고쳐 들다가, 나는 그만 코인을 떨어뜨렸다. 마룻바닥에 떨어진 코인이 금속성 소리를 내고서 굴렀다. 모두 얼어붙었다. 떨어진 코인을 집어 들면서, 나는 마음이 하얘지는 것을 느꼈다. 두 나라의 우호의 상징으로 받은 코인을 떨어뜨린 것은 모두에게 불길한 일로 받아들여질 터였다. 뒤에 안식구에게 들으니, 옆자리에서 바라보던 김수정 무용감독이 놀라서 외마디 소리를 냈다고 했다.

나는 그냥 넘어갈 수 없다는 것을 깨달았다. 그래서 사회자에게 다가가서 손을 내밀었다. 사회자는 기다렸다는 듯이 바로 마이크를 건네주었다.

"여러분, 저는 방금 코인을 떨어뜨렸습니다," 내가 말하자, 웃음이 터졌다.

"11세기에 노르망디의 '정복자' 윌리엄 공이 잉글랜드를 침공했을 때, 배에서 내리다가, 땅에 엎어졌습니다. 지휘관이 넘어진 것은 불길한 징조라서, 모두 얼굴이 하얘졌습니다. 그러나 윌리엄은 손에 흙을 쥐고 일어서서 외쳤습니다, '보라, 내가 이렇게 잉글랜드의 땅을 움켜쥐었노라.' 이 말을 듣자, 노르망디 병사들은 환호하고 기세 좋게 나아가서 헤이스팅스 싸움에서 색슨족에 이기고 잉글랜드를 정복했습니다. 이 무대는 나무 바닥이어서, 제가 코인을 짚고 일어설 때, 움켜쥘 흙이 없었습니다."

듣고 있던 사람들이 박수를 쳤다.

내친 김에 나는 이번 공연의 뜻과 감사하는 마음을 전하는 연설을 하고서 끝냈다.


의정부 공연이 크게 성공하자, '문미포여성악극단'의 단원들 모두 고무되었다. 공연들을 본격적으로 하자, 문화미래포럼과 변별되는 이름이 필요해져서, 그런 이름으로 공연하기 시작했다.

나는 1주일 뒤로 예정된 용산 미8군 사령부 공연에 정성을 쏟았다. 책임자가 공연마다 마음을 쓰는 것은 당연했지만, 이번 공연은 여러 모로 중요했다. 무엇보다도, 미8군 사령부의 주요 지휘관들과 참모들을 초청한 터였다.

아울러 이번 공연엔 자금을 대준 전경련 인사들을 초청했다. 작지 않은 예산으로 시작했지만, 공연이 늘 그러하듯, 모든 항목들에서 지출이 예산을 넘어섰고, 자금은 벌써

바닥이 났다. 그래서 오키나와 공연 자금은 없었다. 이번 공연을 통해 전경련 인사들에게 공연의 효과를 보여주고 오키나와 공연 자금을 추가로 지원해달라고 요청할 심산이었다. 마침 의정부 공연에 조선일보 한상혁 기자가 고맙게도 멀리 찾아와 관람하고 호의적 기사를 크게 써주어서, 공연의 효과에 대한 객관적 증거도 마련된 터였다.

그러나 내 꿈은 결국 이루어지지 못했다. 사령부 안에 있는 외국인 학교의 강당에서 열린 공연엔 미군들이 거의 오지 않았다. 먼저, 공연하는 날 비가 많이 왔다. 다음엔, 대구 미군 기지에서 오염 물질이 유출되는 사고가 나서 미군 지휘부는 그 일을 수습하기 바빴다. 셋째, 바쁜 지휘관들과 참모들을 대리해서 기지 사령관인 대령이 참석하기로 되었는데, 막판에 감기가 걸려서 참석하지 않았다. 따라서 미군들의 관람을 독려할 사람이 없어졌다. 일이 안 되려니, 우리 공연들을 주선해준 대위가 전투부대 중대장으로 발령을 받았다. 본인은 무척 좋아했고 나도 기꺼웠지만, 그녀는 우리 일에 마음을 쏟지 못했고 공연 홍보에 소홀했다.

미군 지휘관들과 참모들을 위해 마련한 리셉션에서 미군들은 몇 안 되고 좋은 음식이 그대로 남는 것을 본 전경련 인사들의 낯빛이 어두웠다. 그렇게 해서, 오키나와 위문 공연의 꿈은 스러졌다.

객석이 썰렁했어도, 우리 배우들과 무용수들은 직업의식을 잃지 않고 열심히 연기하고 노래하고 춤췄다. 고마웠다. 내 마음을 읽은 고참 배우가 "대표님, 오늘 객석은 한산했지만, 그래도 관객의 수준은 가장 높았어요" 하고 나를 위로했다. 아주 빈 말은 아니었다. 비 오는 날 연극을 보러 왔다면, 연극에 관심이 큰 사람들이었을 것이다.

낙심한 안식구와 딸아이를 먼저 집으로 보내고, 나는 뒤풀이에 참석했다. 이번이 마지막 공연이고 다시 만날 기회는 없으리라는 생각에 마지막까지 남아서 배우들과 함께 지난 일들을 회고했다. 마침 어머님 제삿날이었다. 집에 돌아오니, 나를 기다리다 못해 제사를 지낸 모녀가 제상을 치우고 있었다.

흥행은 운에 달렸다. 아무리 생각을 깊이 하고 정성을 많이 들여도, 운이 따르지 않으면, 성공하지 못한다. 매사가 그렇다 할 수 있지만, 흥행에선 특히 그렇다.

비록 흥행에 목을 매는 일을 해왔지만, 지원을 받아서 하는 터라, 나는 공연이 실패해도 부담이 크지 않았다. 그러나 외국 예술단을 초청한 공연처럼 규모가 클 경우엔, 얘기가 다르다. 뜻밖의 일로 흥행이 실패하면, 거기서 발생하는 손실을 혼자 다 떠안아야 한다. 그런 빚은 개인이 감당할 수 있는 수준을 훌쩍 넘는다. 그럴 때는 아마도 잠적하는 것이 유일한 길일 것이다. 문득 생각이 나서, "아무개 요새 어떤가?" 하고 물었을 때, "요새 연락이 안 됩니다"라는 답변이 나오면, 가슴 한쪽에 시린 물결이 인다.

## 거대한 삶

이듬해인 2012년 2월엔 졸작 희곡 〈거대한 삶〉이 민중극단의 창립 50주년 기념공연으로 무대에 올랐다. 이종일 씨가 연출을 맡았다. 2011년 초에 정진수 교수가 연극 대본이 필요하다고 말했다. 문화예술위원회에서 독립 운동에 관한 연극 한 편을 선정해서 지원하기로 했다는 얘기였다. 나는 친일 문제를 다룬 졸저 《죽은 자들을 위한 변호》를 썼을 때부터 '만보산(萬寶山)사건'을 예술로 다루어보겠다고 생각했었다. 그래서 선뜻 응낙했다.

조선 사람들은 일찍부터 만주로 진출했다. 20세기 초엽 조선이 일본에 병합되자, 많은 지사들이 가족을 이끌고 만주로 이주했다. 이어 경제가 발전하고 인구가 늘어나자, 조선 사람들의 만주 이주는 급격히 늘어났다.

아무런 준비 없이 외국에 이주했으므로, 그들은 고국 정부의 보호를 받지 못했다. 고국이 망한 뒤엔 '망국노' 소리를 들으며 멸시를 받았다. 당연히, 비참하고 억울한 일들이 많았다. 일본이 만주에서 세력을 키우자, 조선인들은 일본 영사관에 의지해서 중국인들의 횡포를 막아보려 했다. 일본 정부는 조선인들의 만주 이주가 일본의 만주 진출에 도움이 된다고 판단하고서, 중국인들과 조선인들의 분쟁에 적극적으로 개입했다.

1930년대 초엽 만주 길림성(吉林省) 장춘현(長春縣) 만보산 기슭의 삼성보(三姓堡)에서 조선인들이 습지 3천 에이커를 중국인 지주로부터 10년 동안 빌려서 논으로 개간했다. 그리고 송화강(松花江) 지류에서 물을 끌어오는 수로를 파기 시작했다. 인근 중국인 주민들은 이 수로 공사가 콩밭을 망가뜨리고 토착민들이 사는 땅에 물이 배게 한다고 불평했다. 마침내 중국인들은 장춘현 당국에 진정하여 수로 공사를 강제로 중단시켰다. 그러나 조선인 농민들은 일본 영사관 경찰의 지원을 받아 수로 공사를 강행해서 1931년 6월에 완공했다.

7월 2일 중국인 주민 4백여 명이 수로로 몰려와 완공된 수로를 파괴했고 그 과정에서 조선인 농민들과 충돌했다. 힘에 밀린 조선인들은 일본 영사관에 호소했고 영사관 경찰은 조선인들을 보호했다. 중국인들도 자기 경찰에 호소했다. 그래서 일본 경찰과 중국 경찰이 맞섰지만, 두 나라 경찰들 사이에 충돌은 없었다. 그러나 일본 영사관은 이 일을 부풀려서 다수 중국인들에게 핍박 받는 조선인들을 일본 경찰이 구했다고 발표했다.

만보산 사건은 만주 조선인들의 어려운 처지를 잘 드러냈다. 조선인들은 황무지를 빌려서 논을 만들고 어렵사리 물을 끌어와서 볍씨를 뿌려 농사를 지었다. 그렇게 해서 논다운 논이 되면, 중국인 관리들이 "호조(護照)를 보자"고 요구했다. 호조는 일종의 패스포트였다. 호조가 있을 리 없으니, 조선인 농민들은 제대로 논 농사를 지어보지도 못하고 쫓겨났다. 이처럼 조선인들이 박해를 받았으므로, 일본 영사관의 부풀려진 얘기는 조선인들에겐 선뜻 사실로 받아들여졌다.

조선일보 장춘(長春) 지국장 김리삼(金利三)은 일본 영사관의 발표에 바탕을 두고 기사를 작성해서 본사에 전보로 보냈다. 7월 3일 조선일보는 그 기사를 그대로 보도했다. 이어 김리삼은 일본과 중국의 경찰이 충돌했다는 전보를 본사로 쳤다. 이 전보에 바탕을 두고 조선일보는 속보 형식의 호외를 발행했다. 호외엔 '삼성보 일·중 관헌 일 시간여 교전, 중국 기마대 육백 명 출동, 급박한 동포 안위,' '삼백여 중국 관민이 삼성보 동포를 포위, 사태 거익(去益) 험악화,' '기관총대 급파 전투 준비중' 및 '폭동 중국인 중 순경도 오십 명'

과 같은 제목들이 달렸다.

이런 보도들이 나오자, 곳곳에서 화교들이 습격을 받았다. 살길을 찾아 고향을 등진 동포들이 먼 이국에서 박해를 받는다는 사실에 자극된 민심은 가까운 화교들에 대한 분풀이로 나타났다. 평양에선 화교 94명이 죽고 300여명이 다치고 289채의 가옥이 파손되었다. 그러나 일본 경찰은 개입하지 않고 내버려두었다.

7월 16일 조선총독부 경무국은 조선에서 죽은 중국인은 1백여 명이고 부상한 중국인은 수백 명에 이른다고 발표했다. 경무국 발표가 중국에 알려지자, 이번엔 만주의 조선인들이 중국인들로부터 보복을 당했다.

사태가 불행한 방향으로 흐르자, 조선과 중국 양쪽에서 신중하게 대응하자는 움직임이 일었다. 7월 5일 동아일보는 사설에서 국민들에게 사태를 냉정하게 살피고 화교에 대한 폭력을 중단하라고 촉구했다. 현지에 파견된 신의주 지국의 서범석(徐範錫) 기자는 현지 상황을 차분히 전하면서 군대 출동은 오보였고 중국인들의 폭동은 수그러들었고 충돌도 가벼운 수준이며 현지 동포들은 무사하다고 보고했다.

이런 노력에 힘입어, 사태는 차츰 가라앉았다. 7월 18일엔 중국 국민당 정부가 "만보산 사건은 일본의 계획적인 음모에 의한 것이며, 조선인의 국내 폭거도 일본인의 사주에 의한 것인즉, 우리는 조선인을 구적(仇敵)으로 보지 않을 것"이라는 성명을 발표했다.

당시 이종형은 만주를 장악한 군벌 장학량(張學良)의 정부에서 일하면서 일본과의 교섭에 종사했다. 만보산 사건이 일어나자, 그는 김리삼이 일본 영사관의 앞잡이로서 과장된 보도를 통해 중국과 조선 사이의 관계를 악화시켰다고 판단했다. 그래서 그는 부하를 시켜 김리삼을 살해했다.

해방 뒤 이종형은 귀국하여 우파 신문을 발행해서 공산주의자들이 발행한 신문들에 맞섰다. 반민특위가 구성되자, 그는 이내 반민족행위자로 체포되어 재판을 받았다. 애국지사 김리삼을 살해했다는 것이 주요 죄목이었다. 그러나 그는 반민특위가 자신을 재판한 권한이 없다고 주장했고 자신의 행위가 애국적 행위였다고 항변했다.

김리삼이 작성한 기사는 만주에서 중국인 지주들과 관리들에게 핍박받던 조선인들의 참상을 전한 것이었다. 만보산 사건은 조선인들이 중국인들로부터 받은 수많은 핍박들 가운데 하나였을 따름이다. 상당히 과장되었지만, 당시의 여건을 고려하면, 의도적 과장은 아니었던 것으로 보인다. 다른 편으로는, 이종형의 행위를 친일 행위나 반민족적 행위로 볼 수도 없다. 당시 그는 일본군에 맞선 중국 동북군의 일원이었고, 그가 한 일들은 일단 항일 행위였다. 김리삼의 살해도 그가 일본의 앞잡이로 조선 민족에 해를 끼쳤다는 판단에서 나온 행위였다.

이종형에게 깊은 반감을 품었던 반민특위는 그에게 유죄 판결을 내렸다. 그러나 반민특위의 재판 바로 뒤에 실시된 제2대 국회의원 선거에서, 그는 강원도 정선에서 출마하여 당선되었다. 그는 법적으로는 유죄 판결을 받았고 정치적으로는 무죄 판결을 받은 셈이다.


나는 이종형의 시각에서 이 사건을 살폈다. 애국지사 이종형이 애국지사 김리삼을 살해한 사건을 통해서, 나는 관객들에게 '민족의 이익은 무엇인가'라는 물음을 던지고 싶었다. '민족의 이익'과 같은 추상적 가치를 통해서 개인들의 구체적 행위를 판단하는 일이 얼마나 위험한가 성찰하게 함으로써, 선인들의 행적을 너무 가볍게 평가하고 재판하는 우리 사회의 풍조를 경계하고자 했다.

나아가서, 진정한 독립 운동은 조선 사람들이 고난 속에서 생존해온 일임을 일깨우고 싶었다. 민족의 삶은 거대해서, 사람마다 다른 면들을 보게 마련이고, 바로 거기서 김리삼과 이종형의 상극적 판단이 나온 것임을 보여주고 싶었다. 〈거대한 삶〉이란 제목에 그런 뜻을 담았다.

이런 관점에서 친일 문제에 접근하는 것은 위험하다. 마음을 다잡아 글을 써도, 발표하기가 쉽지 않다.《죽은 자들을 위한 변호》에서 나는 일본의 통치가 반 세기가 넘은 과거인데도 여전히 친일파를 처벌하자는 주장이 어지럽게 날리는 현실을 비판했다. 통념을 깨뜨리는 책을 내는 것은 출판사로서도 부담이 될 수밖에 없어서, 출판사가 표지까지 마련해놓고도 출판을 포기했다. 어렵게 다른 출판사를 찾아서 펴냈더니, 비난들이 쏟아

졌다.

글쓰기를 업으로 삼는 지식인이 크고 작은 필화를 겪는 것은 '직업적 위험'이다. 그러나 연극 대본은 얘기가 다르다. 공연은 여러 사람들이 관련된 작업이어서, 작가가 자기 주장만을 내세우다 보면, 다른 사람들에게 뜻하지 않은 폐를 끼칠 수 있다. 그래서 대본을 정 교수에게 보내면서도, 마음이 가볍지 않았다.

내 걱정은 기우가 아니었다. 배우들에게 집필 의도를 설명하는 자리에서, 이종형 역을 맡은 배우가 대뜸 "선생님, 왜 이런 작품을 쓰셨습니까?" 하고 항의조로 물었다. 나는 작가의 의도에 대한 그의 반감을 모든 배우들이 공유한다고 느꼈다. 그래서 차근차근 설명하면서 그들의 물음들에 답했다. 그래도 그는 내 뜻을 받아들이기 어렵다는 낯빛이었다.

다행히, 공연은 성공적이었다. 민중극단의 저력이 나온 듯했다. '관객들에게 사회철학적 문제들에 대해 진지하게 성찰할 수 있는 계기를 제공하는 일이 어디 흔한가?' 하는 생각에 나는 꽤나 흐뭇했다.


## 예술적 현실참여

작가는 글만 쓰면 된다. 나머지는 매체나 출판사가 다 해준다. 공연은 다르다. 내가 아는 것이 워낙 적으니, 처음부터 끝까지 사람들에게 물어서 일을 진행한다. 내가 무엇에 대해 물으면, 둘레 사람들이 바로 필요한 정보를 알려준다. 둘레에 아는 사람이 없으면, 누구에게 물어보면 된다는 정보는 가졌다. 바로 그 사람에게 물어서 내게 알려준다.

아쉽게도, 그렇게 필요한 정보들을 내게 제공한 분들에게 나는 제대로 사례한 적이 없다. "말로 천냥 빚을 갚는다"는 속담이 조금이라도 맞는다면, 이 자리를 빌어 고마운 뜻을 전하고 싶다.

말이 나온 김에, 문화미래포럼을 이끌 때, 내게 도움을 주신 분들께도 고마움의 뜻을 전하고 싶다. 포럼의 결성을 주도한 윤정국 씨와 홍정선 교수의 간절한 부탁을 차마 물리칠 수 없어서, 나는 포럼의 실무에 관여하지 않는 조건으로 문화계 인사 두 분과 함께 공동대표직을 맡기로 했다. 그러나 막판에 다른 두 분이 발을 빼는 바람에 내가 상임대표로 포럼을 이끌게 되었다. 평생 단체에 가입한 적이 없는 내가 팔자에 없는 시민운동가가 된 것이었다.

포럼 회원들과 만나보니, 내 예상과 상당히 달랐다. 무엇보다도, 회원들의 이념적 성향이 불분명했다. 노무현 정권에 대한 반감은 공유했지만, 자유주의에 대한 신념이 굳은 것은 아니었다. 여덟 개 분과들이 너무 독립적이고 배타적이어서, 한 지붕 아래 살 것 같지도 않았다. 사정이 그러했으므로, 나에게 호의적인 신문 문화부 기자 한 사람은 빨리 발을 빼라고 조언했다.

발을 빼기엔 너무 늦었으므로, 나는 포럼의 성격을 근본적으로 바꾸기로 했다. 그래서 '자유주의'를 내걸고 '우리 사회의 전체주의적 성향에 대한 투쟁'을 목표로 설정했다. 당시 많은 문인들이 북한을 방문해서 북한 작가들과 어울리면서 남북한의 화해와 협력을 모색한다고 선전했다. 나는 "북한과 같은 전체주의 사회엔 진정한 작가가 있을 수 없다. 소련의 파스테르나크나 솔제니친이 박해받은 것처럼, 북한에 진정한 작가가 있다면, 그는 아오지 탄광이나 요덕수용소에 있을 것이다. 북한의 선동선전 요원들과 어울리면서 남북한 작가들의 어울림이라 선전하는 것은 국민들을 속이는 짓이다"라는 요지의 발언을 했다. 신문들이 내 얘기를 크게 다루었다.

내 발언이 나오자, 폭탄이 터진 뒤의 정적이 문단에 내렸다. 문단 전체가 참여해서 남북한의 화해와 통일을 앞당기는 행사라고 선전한 일을 그렇게 비판했으니, 좌파 문인 단체들도 어떻게 대응해야 할 지 모르는 것 같았다. 대신 북한 방송이 우리 포럼을 "무덤밖에 갈 곳이 없는 자들"이라 비난했다 한다.

내가 포럼의 정체성을 그렇게 설정하자, 포럼을 떠나는 분들이 더러 나왔다. 그래도 대부분의 회원들은 오히려 나를 적극적으로 도왔다. 내가 특히 도움을 많이 받은 분들은 문화일반분과의 이영경 교수, 이유리 교수, 정철 대표, 정달영 교수, 한의삼 대표, 홍사종 대표, 홍승기 변호사, 국악분과의 강영근 교수, 조운조 교수, 미술분과의 박일호 교수, 홍승남 교수, 연극분과의 김승민 대표, 정대경 대표, 영화분과의 조희문 교수, 김종국 교수, 김준덕 교수, 이용주 교수, 무용분과의 성기숙 교수, 정은혜 교수, 안애순 대표, 이주희 교수, 이종호 평론가였다.

그런방식으로 공연을 하다 보니, 힘은 많이 드는데 성과는 작았다. 극단을 운영하지 않는다는 사실이 결정적 약점이었다. 비용도 많이 들지만 배우들의 충성심이 작고 공연의 질은 높을 수 없었다. 연속 공연이 아니라서, 공연할 때마다 실질적으로 팀을 새로 짜야 했다.

내가 공연의 질에 마음을 크게 쓴 것은 아니다. 〈아, 나의 조국!〉의 국립극장 공연이 끝난 뒤 인사차 유인촌 장관을 찾았더니, 그는 핀잔부터 했다. "미리 좀 알려주시잖고. 그게 뭡니까? 학예회 수준으로 만들고. 아, 요새 세상에 연극으로 사람들 울리는 것이 쉽습니까? 다시 만드세요. 제가 도와드리겠습니다." 나는 '학예회 수준'의 여성악극이라 사람들이 마음 놓고 울 수 있는 것이 아닌가 하는 생각이다.

어쨌든, 어려울 때면, '내가 왜 이 일을 하지?' 하고 자신에게 묻게 된다. 〈그라운드 제로〉를 공연했을 때, 정명환 교수께서 진정한 'Engagement Artistique'를 한다고 격려하셨다. 평생 사르트르를 연구하신 분께서 하신 칭찬이니, 고무될 수밖에. 그때부터 나는 내가 하는 일을 '예술적 현실참여'라고 나 자신에게 이르고 다른 사람들에게 설명한다. (원로 불문학자이신 정 교수께선 많은 학자들과 문인들을 길러내셨는데, 나의 문학 스승 김현 교수도 그 제자들 가운데 하나여서, 나에겐 '스승의 스승'이시다.)

그러나 그것만으로는 내가 연극 공연에 매달리는 것을 다 설명하지 못한다. 공연의 모든 과정들에 깊이 간여하기 때문에 공연마다 깊은 애착을 느낀다는 점도 분명히 작용한다. 아울러, 연극은 관객이 가장 깊이 작품 속으로 들어가는 예술이어서, 내 작품이 무대에 오르면, 소설을 끝냈을 때와는 다른 황홀감을 맛본다.

연극 공연은 보존되지 않는다는 점도 애착을 깊게 한다. 언젠가 장민호 선생님께서 "연극은 그냥 사라지기 때문에 아름답다"는 요지의 말씀을 하셨다. 그대로 사라지는 연극을 평생 하신 분의 마음이 느껴져서, 가슴 한쪽이 시려왔다. (문화미래포럼에서 고문으로 모신 원로들은 문학의 박이문 선생님, 강위석 선생님, 신봉승 선생님, 연극의 장민호 선생님, 백성희 선생님, 무용의 강선영 선생님, 조동화 선생님, 영화의 최지희 선생님이셨다. 늘 회원들을 격려해주셨는데, 타계하신 분들이 많아서, 세월의 덧없음을 느끼게 된다.) 그래서 공연마다 애틋함이 어린다.

연극 공연도 바로 스러지지만, 공연으로 맺어진 인연도 무상하다. 한번 헤어지면, 다시 만나기 어렵다.

어느 봄날 마포의 허름한 지하 연습실에 젊은 처녀가 수트케이스 하나 들고 나타났다. 친구의 소개를 받고 시골에서 올라오는 길이라 했다. 이름도 고향도 묻지 않고, 바로 배역을 맡겨 연습시켰다. 공연을 한 번 한 뒤, 그녀가 한없이 미안한 낯빛으로 떠나야 한다고 했다. 어느 극단에서 오란다는 얘기였다. 뜨내기 배우의 고달픈 삶을 면하게 되었다는 소식이 반가워서, 여기 걱정은 말고 얼른 가라 일렀다. 죄송하다고 몇 번이나 돌아보면서 인사하던 그녀가, 이제는 서른 줄로 접어들었을 이름도 잊은 그녀가, 가끔 생각난다. 어디서 무엇을 하는지. 아직도 무대에 서는지.

생각이 운명을 결정한다, 개인이든 사회든. 사람의 머릿속에선 끊임없이 갖가지 생각들이 서로 경쟁하고 그 결과가 행동으로 나타난다. 그래서 이념의 결정적 싸움터는 사람의 뇌다. 선거든 시가전이든 사람의 뇌라는 싸움터에서 나온 결과를 확인하는 절차에 지나지 않는다.

우리의 판단에 감정이 근본적 영향을 미치므로, 감정에 직접 호소하는 예술 형식은 영향력이 크다. 전체주의 국가들은 이런 사정을 일찍부터 깨닫고 영화나 연극을 통한 선전에 공을 들였다. 반면에, 자유주의 국가들은 예술을 통한 영향력의 확대에 둔감하고 서투르다.

우리 사회에서 나오는 예술 작품들은 대부분 대한민국의 이념과 체제에 적대적이다. 그런 작품들의 영향력은 사람들의 마음속으로 은밀하게 깊이 배어들어서 마음을 지배한다. 원래 '예술적 현실참여'라는 평가는 체제의 문제들을 드러내고 바로잡으려는 노력에 대해 부여된다. 대한민국의 정당성과 성취를 드러내는 '학예회 수준'의 연극 공연이 '예술적 현실참여'라는 평가를 받는다는 사실은 우리 사회의 이념적 건강이 얼마나 위험한 지경인가 보여준다.

올해는 박정희 대통령 탄생 100주년이다. 그 분이 우리 운명에 끼친 영향을 생각하면, 온 사회가 그 분의 공과를 열심히 논의하고 그 분의 영도 아래 대한민국이 이룬 위대한 성취를 기리는 것이 당연하다. 현실은 다르다.

전망이 암울할 때면, 나는 오든의 한 구절을 뇌곤 한다, "모든 힘들이 다했을 때, 우리는 듣는다 잘못된 시절에 어울리는 노래를." 대한민국이 어려웠던 시절에 박정희 대통령이 가리킨 길을 보여주는 공연보다 지금 우리에게 더 어울리는 노래는 드물 터이다. 그리고 그런 노래를 부른다는 것은 지식인에겐 가장 깊은 뜻에서 행운이다.

2017년 6월
복거일

# 박정희의 길

한국어·일본어 병렬판

초판 1쇄 인쇄 2017년 7월 5일
초판 1쇄 발행 2017년 7월 10일

지은이 | 복거일

펴낸곳 | 북앤피플
대　표 | 김진술
펴낸이 | 김혜숙
디자인 | 박원섭
마케팅 | 이종률

등　록 | 제2016-000006호(2012. 4. 13)
주　소 | 서울시 송파구 성내천로39길 22-3
전　화 | 82-2-2277-0220
팩　스 | 82-2-2277-0280
이메일 | jujucc@naver.com

ⓒ2017, 복거일
ISBN 978-89-97871-30-8 03800

잘못된 책은 구입처에서 바꾸어 드립니다.
값은 표지 뒤에 있습니다.